EBERHARDT LAUER

Es gett de Maänsche bee de Lüüd

FÜR MEINE FAMILIE

EBERHARDT LAUER

Es gett de Maänsche bee de Lüüd

Gedichte und Geschichten aus der Rhön

parzellers
BUCHVERLAG

ISBN 978-3-7900-0565-3

Layout: Peter Link
Zeichnungen: Jan Nils
Gesamtherstellung: Rindt-Druck, Fulda

Inhaltsverzeichnis

Vorwort

In unserer heutigen Zeit kann man bei uns in den Regelschulen und in der Volkshochschule eine Vielzahl von Fremdsprachen erlernen. Gleichzeitig stirbt unsere Muttersprache, unser Rhöner Platt, zunehmend aus. Dies liegt natürlich auch daran, dass unser Dialekt nur dort für den Alltagsgebrauch geeignet ist, wo man ihn noch regelmäßig praktiziert.

In aller Regel halten Eltern ihre Kinder heute dazu an, hochdeutsch zu reden und zu denken, weil sie sonst Nachteile für ihre schulische und berufliche Entwicklung befürchten. Es gibt Elternpaare, die beide untereinander das Rhöner Platt noch sprechen, aber sobald sich eines ihrer Kinder dazugesellt, wird nur noch Hochdeutsch gesprochen. Und wenn sich diese Entwicklung fortsetzt, dann ist auch kein Kraut gegen das Aussterben unserer Muttersprache gewachsen.

Gottseidank ist in den letzten Jahren eine – wenn auch immer noch bescheidene – Gegenbewegung entstanden. Es gibt wieder ein paar Menschen mehr, die sich mit dem Rhöner Platt beschäftigen und auch einige, die sich aktiv für den Erhalt der Rhöner Mundart einsetzen. So leisten zum Beispiel die vielen Vereine der Region einen wichtigen Beitrag, indem sie zur Fastnachtszeit ihre Programme auf Rhöner Platt gestalten – auch einige Jugendliche, also nicht nur die „vom alten Schlag“, nutzen dabei die Bühne, um ihr Rhöner Sprachtalent unter Beweis zu stellen, sei es in Wort oder in Gesang.

Warum setze ich mich für den Erhalt unseres Rhöner Dialektes, der von Dorf zu Dorf ein wenig unterschiedlich sein kann, ein? Für mich ist die Antwort ganz einfach: Dies ist die Sprache, die meine Mutter und mein Vater mit mir gesprochen haben, lange, bevor sich Hochdeutsch als erste Fremdsprache in mein Leben hineingeschlängelt hat.

Das Rhöner Platt war stets die Sprache der einfachen Leute. Die Sprache des Landvolks, der Bauern, der Arbeiter. Die höhere Gesellschaft hat schon immer Hochdeutsch untereinander gesprochen. Der Lehrer sowieso und der Pfarrer meistens sogar Lateinisch („Ladünsch“). Und da die Menschen fortlaufend nach vermeintlich Höherem streben, wurde unsere althergebrachte, manchmal recht derb anmutende, gute alte Muttersprache zunehmend unattraktiv. So haben viele – ob bewusst oder unbewusst – ihr Rhöner Platt ganz allmählich wie ein altes, unmodern gewordenes Kleidungsstück in eine Schublade gepackt und nur noch selten hervorgeholt.

Wenn es in der letzten Zeit wieder ein bisschen aufwärts geht mit unserer Muttersprache, dann gibt es für mich vor allem eine Antwort darauf: Weil unser Rhöner Platt bei vielen noch immer tief im Herzen verankert ist und die Menschen sich vielerorts sehnen nach der „guten alten Zeit“, nach Heimat und nach Einfachheit. Ich halte es gar für eine Gnade, dass wir in dieser immer verrückter werdenden, schnelllebigen Welt mit ihren ständig wechselnden Schlagzeilen und all ihren täglichen Dramen – quasi wie ein Anker – den Dialekt unserer Heimat sprechen können. Sicher geht es vielen Menschen so wie mir: Wenn man irgendwo hinkommt und es wird Platt miteinander gesprochen, dann fühlt man sich gleich irgendwie ein bisschen daheim. Weil man dazu gehört. Dazu gehört zu diesem besonderen Menschenschlag, der seine Heimat in diesem besonderen Fleckchen Erde hat, in unserer Rhön. Unser Rhöner Platt vermittelt uns dabei das von uns allen gesuchte Heimatgefühl.

Rhöner Platt ist unsere Heimat.

Wir alle, deren Herz für unsere Heimat, für unsere Rhön schlägt, wir sind wahrscheinlich die letzte Generation, die dafür sorgen und dazu beitragen kann, dass unsere Muttersprache nicht ganz und gar ausstirbt. Weil mich diese Tatsache schon lange rührt, habe ich über Jahre hinweg immer wieder kleine Geschichten und Erlebnisse in Reime gefasst – in Reime, die ich in Rhöner Platt aufgeschrieben habe.

Ich will damit kleine Denkmale setzen für unseren Heimatdialekt und darüber hinaus für viele Dinge, die schon verloren gegangen sind und die mit ihr – schleichend, aber stetig – weiter verloren gehen. Es ist auch der Versuch, die Erinnerung wachzuhalten an unbeschwerte Kinderzeiten, an Dörfer und dörfliches Leben, an alte Gebräuche und daran, wie und unter welchen Umständen dörfliches Leben stattfand. In nicht wenigen Passagen finden sich auch die Nöte beschrieben, denen die Menschen in den Dörfern ausgesetzt waren, denn die Rhöner waren oftmals arm, in den Nachkriegszeiten sogar sehr arm. Aber immer, ja immer waren sie reich an der sie umgebenden einzigartigen Landschaft, dem „Land der offenen Fernen“, an dörflicher Gemeinschaft, an Festen und Bräuchen, die heute – nicht überall, aber dennoch zunehmend – in Vergessenheit geraten. Nicht zuletzt soll dieses Büchlein an besondere Menschen, an echte „Originale“ erinnern, von denen es offensichtlich früher mehr gab, als sie uns heute auffallen. Es soll dazu beitragen, dass sie nicht ganz in Vergessenheit geraten, diese originellen Gestalten mit ihren menschlichen Schwächen und ganz besonderen Eigenheiten.

Ich wünsche allen Leserinnen und Lesern dieses Büchleins viel Freude und Genuss beim Lesen.

An dieser Stelle danke ich meiner Familie, im Besonderen meiner Tochter Patricia für Ihre Hilfe und Unterstützung bei der Erstellung und Gestaltung dieses Buches.

Abschließend rufe ich alle auf: Bekennt Euch zu Eurer Muttersprache und praktiziert diese. In den Familien und auch im Alltag. Dann hat dieser Heimatdialekt vielleicht eine Chance, auch noch in Generationen gesprochen und verstanden zu werden.

Eberhardt Lauer

Heimatgedaanke

Bo unn boss ess Heimat?

Heimat – bo ess dee? Bo ess merr dehei?
Doa bo merr groad ess – oder deef drenn in simm Haäzz ganz allei?

Ess dee Heimat doa, bo ich vür fuchzich Joahr mieh Frau honn gefonge?
Senn Heimat mieh drei Keng, eih Maäje unn zwaä Jonge?

Ess dee Heimat doa, bo ich bein Dokter konn gegeh,
ohne Termin, bann mei aäbbes dott weh.

Ess dee Heimat doa, bo dee Lüüt mich kaänne
unn bo se mich nur mit mimm Vürnoohme naänne?

Ess dee Heimat doa, bo ich minn Buuch nett ieh moss zier
unn bo merr nett jeden Oabend moss oabschless dee Düür?

Ess doss Heimat, bann ich off de Milseburch obe droff stenn
unn guck off dee Welt nobb, roind ömm mich römm?

Ess mieh Heimat doa, bo ich mieh Moddersproach honn gelaännt,
dee bo merr els Rhöner Platt bei ons dehei kaännt?

Ess mieh Heimat doa, bo onser Volksschool woar, dee klei,
bo oaicht Klasse in zwaä Klasseräum woarn dehei?

Ess Heimat villeicht doa, bo ich mich druff konn entsenn,
bee dee Geschmaäcker vo Hingbeer-Zoggerstei senn?

Ess dee Heimat doa, bo off däam Kerwett oll dee Maänsche lenn,
dee bo merr oll gekaant hott, unn dee bo nett meh senn?

Senn´s dee Kartoffelsäcker, bo dee Kartoffelsfeuer honn gebraant
unn bo merr mit grosse Maschiene hüttzedoags beaärwett es Laand?

Ess dee Heimat villeicht doa, bo merr mit Freunde niemols ess ganz allei,
oder ess es dee Feuerwehr, dee Foaset, de Gesangs- oder de Sportverei?

Ess Heimat onser Kerch, doss Huitzelfeuer oder senn´s dee Klapperjonge,
dee bo sich noach ville Joahre wier honn zesommegefonge?

Oder könnt Heimat dee Roulade mit Rotkruit unn Klörs gesei,
dee bo´s frööher off Feierdoags bei de Oma goab dehei?

Oder ess Heimat de Blööteteppich omm Fronleichnams-Altoar,
bo merr els Messdeener els Keend debei immer woar?

Gehört zur Heimat dee Sonn mit dezoo,
bann se - vo kaäm einziche Wölkee gestört – überm Bieberstei uffgett,
unn bo merr uiser emm Vööchels-Gezwitscher so goarnüscht anneres hört?

Oder ess Heimat doss, boss jeden Doag weher dott,
bann merr se verliert – unn bann merr kei Heimat meh hott?

Uis sinner Heimat gett keins fort, banns nett moss sei.
Dee Heimat, dee blitt es ganz Laabe lang dieh Dehei.

Unn so ess doss daäm ganze Laabe sinn Lauf:
Heimat, dee hott merr – Heimat, dee konn merr sich nett gekauf.

So rechtich konn´s ei´m keins gesoahr, boss Heimat ess,
weil Heimat noch vill meh – unn vo ollem e bessee ess.

Villeicht wohnt dee Heimat deef drenn in jedem sinner Seel,
weil Heimat vill meh ess, els bee nur so e Geföhl.

Haärscht in de Haässeliede

„De Haärscht ess so schöö, dess mei doadefür de Sommer haärgann“

Bann merr im Haerscht durch dee Haässeliede leift,
bann onn de Strüch dee Baär schu lang senn gereift.
Unn dee Fröcht vo de Böche,
dee falle robber in daä foarbich Bleederdeppich vo ganz allei,
doa well ich groad nirchendswo annerscht gesei.

In de Baumkrone hüült de Storm, so bee in de Kerch dee Orgel könnts gesei.
So els bann sengt mit ville Stömme onsern Gesangsverei.
Unn dee Neest obe flerrn rüh unn nüh gaanz wiet.
Merr könnt groad gemein, dee laööge minnanner im Striet.

Merr hörrt, bee se kniersche unn knacke, dee Zwiech.
So els bann se feiern ihrn ollerlaätzte Siech.
Unn dee bo önge lenn, meint merr, dee hätte Zorn.
So wirbele se im Storm uff unn flern aäm ömm dee Orrn.

Unn ich stenn doa, guck nuff – unn fööl mich bee e Keend.
Unn ich senn –– für enn korze Momaänt – so frei bee de Weend.

Bann ich uis mimm Faänster guck

Groad senn ich wach geworrn unn guck zu mimm Faänster nuis,
unn doa breit` vür mir jeden Morree mieh Heimat sich uis.
Ich honn doss Beld schu zichtausend moa gesaähr,
ewwer mir ess jeden Morree, be banns es oller erscht moa waär.

Wiet hennge, bann merr sich noch dee Auge rieht unn guckt,
sehrrt merr dee Wasserkupp, henger dee annere Baärge geduckt.
Sei kömmt ei´m goarnett vür, bee de höchst Rhöner Baärg.
Beinoahr tausend Meter hoch – onserm Herrgott sieh Waärk.

Dort obe honn dee Sechelfliecher ihr Heimat sitt ganz ville Joahrn,
weil se off de gaanze Waält dee Erschte omm Himmel obe woarn.
Hüttzedoags ess doa obe olsemoa vill Betrieb.
Meh, els bee emm einsamme Wanderer off daäm Baärg es lieb.

Guck ich nur e wengee off dee lenk Sitt,
doa leit enn Waald, bee´s für mich kaänn schönnere gitt.
Doa stenn Böeche, bee einst zu Buchonias Ziete,
dee senn ollminnaner gliech – und doch ess jeder verschiede.

Noach jedem Weenter verännert sich doa jeden Doag der Blick,
dann kaährt so langsam es Laabe in dee Natur zeröck.
Ganz zoart komme dee Foarbe widder – der Waald werd wier grööh.
Unn dann es widder Fröhjoahr; boss es mieh Heimat so schöö.

Über daäm Waald, schu vo Wietem ze saährn:
Schloss Bieberstei, doa wohnte fröher dee Herrn.
Dee Fürstbischöff von de Domstadt in Foll,
bo´s omm schönnste woar, doss wosste se oll.

Hütt ess e Privatschool doa obe drinn.
Doa laänne hüttzedoags daäne riche Lüüd ihr Keng daäm Laabe sinn Sinn.
Unn bann Oawends dee Sonn in dee Fänster schient nieh,
doa meint merr, doss Schloss tät braänne im feuerige Schieh.

Bee uis emm Maäree kömmt doa doss Schloss aämm vür.
Merr könnt gemein, dort obe waär zum Himmel dee Tür.
Unn sehrrt merr vo Wietem schu es Schloss Bieberstei,
doa föhlt merrsch im Haäzze: Hee senn ich dehai.

Obe drüber, nüscht off de Waält es für mich so schöö,
doa trohnt dee Milseburg, dee Seele von onsere Rhöö.
Millione vo Joahre ess dee Milseburg aalt,
geschaffe vom Herrgott uis hoartem Basalt.

Joa, emm Herrgott ess merr ganz noahr off daäm Gipfel in de Höh´
„Heimat“ es daär Baärg für dee Maänsche in de Rhö`.
Unn stett merr dort obe unn guckt wiet ins Laand bis noach Foll,
doa spürrt merrsch: Bee klei senn mir Maänsche doch oll.

So guck ich staunend jeden Morree, unn mieh Haäzz, doss ess froh.
Schönner bee dahei ess es nirgends annerschtwo.

Manchmoa daänk ich dann, bann über de Milseburg langsam uffgett dee Sonn,
dess ich vom Himmel e Stöckelee dehee off de Aärd schon honn.

Unn dann dapp ich off dee Milseburg

Enn ganz besondere Platz für jeden Rhöner ess dee Milseburg.
Unn bann merr emoa ganz wiet fort well sei von daäm gaanze Trubel,
daä bo es Laabe manchmoa mit sich braängt,
dann moss merr doa nuff geh.

De Doag woar lang, dee Möh woar groß.
Von fröh bess spät, doa woar vill los.
Unn ich woarn mööd unn woarn kaputt.
Ich hatt` kei Lust, mir woarsch nett good.
Doa kömmt minn Freund unn saährt „Komm mit,
ich weiß enn Platz, daä macht dich fit!“

Unn dann dapp ich off dee Milseburg,
unn dann fass ich widder Mut.
In de Hött dort off dee Milseburg,
doa senn ich waäg vom Alltagstrott.
Unn es gett merr widder good.

Bann ich vürm Gangolfskerchee stenn
unn dann de Weend im Bockel spörrn,
vergaäß ich olles ömm mich römm.
Boss groad noch woar, ess nett meh schlömm.
Dann guck ich nobb zum Bieberstei
unn ich föhl – ich senn dehei.

Doss Glöckee von de Gangolfskerch

Doss Glöckee von de Gangolfkerch honn ich von Wietem gehoit.
Unn ich honn bei mei gedoaicht: du woarscht schon lang nett meh doit.

Mit Möh senn ich nuffgange, bess gaanz nuff off der Gipfel.
Nuh setz ich ganz allei und guck über daäne mächtige Baüm ihr Wipfel.

Langsam werds dunkel ömm mich römm.
Boss groad önge noch gewaäse, doss ess off eimoa hee obe goarnett meh schlömm.

Dee Lichter blinke von teef önge im Tal.
Boss mich groad noch uffgeraät hott, ess off eimoa olles egal.

Ich setz hee obe naäbe mimm Herrgott on simm Krütz hoch über Kleisoasse.
Dee friedlich Roh es für mich hee kaum ze erfasse.

Ich setz off daäne hoarte basaltiche Stei.
Unn ich fööhl mich, els waär dee gaanz Waält nur mir ganz allei.

Dee Baärge roindrömm, dee saährn uis bee enn geweckelte Kranz.
Unn obe drüber stenn dee Staärn unn lüchte, bee e goldich Monstranz.

Bo ich von hee obe au hiehguck: Überoall vom Himmel e Stöck.
Kei Huis, kaänn Baum verstaällt merr de Blick, nüscht nimmt merr mieh Glöck.

Bohieh ich au guck, doss spörrn ich deef für mich ganz allei,
doss olles, boss ich doa saährn, doss ess mieh Heimat, he senn ich dehei.

Onser Kercheglocke

Schon els Keend honn ich ganz fröh gelaännt,
dess merr omm Glockeluite Freid unn Leid erkaännt.
Au bann merr gaärn laänger hätt geschloffe,
dee Glocke honn aäm in dee Kerch geroffe.

Jeden Morree um halver Sechs geengs ruis,
unn bei jedem Waädder, doa geengs uis emm Huis.
Hotts mit aäm Glöckee iigeluit, doa wosste dee Lüüd,
in enner halbe Stonn, doa ess es so wiet.

Unn e Vertelstonn vür de Kerch hotts mit sämtliche Glocke iigeschloa.
Dee Kerch gett gleich los, doss woar jedem dann kloar.
Au bann merr in dee Kerch nett meh so vill hüttzedoags gett:
Boss in aäm drenn ess, doss vergesst merr nett.

Dee Glocke begleite dieh Laabe, unn daä Klang dott aäm good.
Dee senn debei, von dinner Tauf bes hieh zo dimm Tod.
Jedesmoa luits, ganz egal, ob merr sich freit
oder ob merr in simm Innerschte omm lebste luit schreit.

Von onserne Kerch dee Glocke senn goode Kommerroade.
Off se ze hörrn, doss ess jedem geroate.
Bann onser Kercheglocke luite, doa werd´s ganz stell in mir.
In daäne Glocke, doa konn merr e Stöckelee von simm Laabe gehüür.

Unn söllt merr irgendwann emoa für eins von ons ess Glöckee hüür,
dann daänkt onn enn und hörrt good zo.
Haä konn`s Glöckee saälwer nett meh gehüür.

Vür mimm Aälternhuis

Vür mimm Aälternhuis, doa stoon enn Wiehstoock.
Joa, vür mimm Älternhuis, doa stoon enn Wieh.
Daä hott dort in dee Aärd gesotztt für ville Joahre
minn Vodder dort mit onserm Opa hieh.

So bleeb daä Wiehstoock dort für ville Joahre stenn
unn goab ons Schoawel au unn Trüübel söss.
Haä hott ons Keng saähr woass, bes Ziet woar, uis em Huis ze genn,
bess mei dann stoone off de eichene Föss.

Vür onserm eichene Goardehuis, doa stett nu au enn Wiehstoock.
Vür onserm Goardehuis, doa stett nu au enn Wieh.
Daä honn i c h einst emoa für ville Joahre
saälber geplaanzt dort mit m i m m Vodder hieh.

Dort stett haä nu sitt ville Joahre,
goab onserne Keng lang Schoawel unn au Trüübel söss.
Jetz sehrrt haä onser Enkelkeng dort spiel,
für dee haä nu scho lang in Freid unn Leid Begleiter ess.

Unn bann ich einst emoa de Wiehstoock konn gesaähr nett meh,
moss fort von sösse Trüübel unn vom Wieh,
dann sollt eu gern zum Wiehstoock geh,
daä bo ich einst für ville Joahre mit mimm Vodder honn geplaanzt für Euch dort hie.

Voller Freid sollt eu dann onn mich daänk.
Omm Baäste bei emm goode Glöasee Wieh.

De Paädder unn dee Dööd

In de Rhön, doa gitts ville besondere Sache.
E ganz besonder Sach senn dee zwaä Maänsche,
dee bo enn Rhöner sieh gaanz Laabe lang begleite.
Unn so bee in der Rhön gitts dee nirgendswo sonst off der Waält noch emoa.
Patenonkel und Patentante – dee gitts überoall.
Ewwer de Paädder unn dee Dööd – dee gitts nur in der Rhön.

Bee ich e ganz klei Keend noch woarn vür ville Joahr.
Doa hott minn Paädder mich stolz in dee Kerch getroah.
Unn mieh Dööde, joa, dee woar au debei.
Unn so woarn ich schon doamoals nett allei.

Später dann, bee ich schon beinoahr woarn enn Mann.
Doa woar minn Paädder gern au minn Trauzeuch dann.
Joa eu leebe Lüüd, eu defft merrsch glei:
Minn Paädder und mieh Dööd, dee Zwaä senn in de Reih.

Unn bann äänner enn Paedder unn e Dööde hott,
daäm getts in simm ganze Laabe good.
Joa minn Paädder unn mieh Dööde, doss senn zwaä goode Lüüd,
bee´s erre off daäre Waält nett ville gitt.

Schwoartemoache

Emm Rhöner sieh Waält, dee ess himmelschöö.
Omm Schönste ess se dehei in de Rhöö.
Unn hott haä aäbbes Goodes dann ze Äasse,
senn Frust unn Sorche schnaäll vergaässe.

Secher gitts au woannerscht goode Sache,
dee bo emm hongeriche Äasser Freid donn mache.

Ewwer staällst du emm Rhöner derartiche Froache,
dee Antwort heißt nur: Schwoartemoache!

Schwoartemoache uis emm Rhöner Land,
ess nett nur dehee bei uns bekannt.

Merr esst enn nett nur hee oarch gern.
Hää ess berühmt in noahr unn fern.

Merr hott schuu überoall devooh gehort,
von daäre Rhöner Saäu–Worscht–Sort.

Merr weis es off de halbe Waält,
boss uns omm Schwoartemoache good gefällt.

Weil: Schwoartemoache off der Zong,
macht olle Rhöner widder jong.

Bist du emoa rechtich obgeschafft ganz unverhofft,
gitt dir enn Schwoartemoache neu dee Krofft.

Bist du dann soat, dei platzt beinoahr de Moar (Magen),
hörscht du zefriede dann de Rhöner soahr:

Für enn Schwoartemoache länn ich olles anner off de Sitt;
weils nüscht bäasseres, els be äebbes Goodes gitt!

Der Zwübbelsploatz

- oder boss merr von so em Ploatz gelaänn konn

Spezialitäte uis de Rhön, doss west eu oll,
waärn gaärn gegässe off emm Laand, unn au in Foll.
E Schäälche Kaffee. Banns gett, ohne Soatz.
Und doadezoo e Stöckelee schönne, goode Zwübbelsploatz!

Doss Rezaäpt doadezoo, doss well ich euch nu verroat.
Dess merrsch nett vergaässe, doss waär waällich schoad.
Weil, von daäm Zwübbelsploatz, doa konn merr ollerhand gelaänn.
Au, bee dee Zodoade doa droff ze behangele senn.

Doss ess, bee sonst im Laabe au:
Baä good uffpasst, daä werd schlau!
Doa ess erschtemoa de Deig – also dee olleröngerscht Schicht.
Omm baäste nimmt merr eifach Roggemaahl ganz schlicht.

Dann kömmt Wasser, Saalz unn Suuwerdeig dezoo.
Dann lässt merr derr Deig zom Uffgenn erscht emoa gaanz in Roh.
Daär Deig, doss ess dee Öngerschicht unn doa druff es olles anner uffgebaut.
Banns in daäre öngerschte Schicht krieselt, ess schnaäll de ganz Ploatz versaut.

Uis saurer Sahne, zwaä Eier, e bessee Waäckmaahl unn Kümmel
werd nu so e Oart Pudding gemoaicht.
Daä Schmier werd dann off de uisgewaällert Deig druff gebroaicht.
Däa Pudding, doss es sozesoarn dee mettler Schicht.
Dee moss sich wohlfööhl off daäm Deig, dann werd´s e Gedicht.

Bevüür daä Ploatz dann in Ofe werd geschobe,
komme els Öberschicht Zwübbel mit faätte Spaäckwörfel druff, ganz obe.
Doss es bee in de Politik, ich hoff, doa gitt's jetz kaänn Zoff.
Doa senn dee grösste Stinker, also dee Zwübbel, meist au obedroff.

Unn es kömmt erscht Bewaächung in dee öberschte Stinker, be merr so saährt,
bann's ganz önge in de öngerschte Schicht, daäm Deig, so rechtich gaärt.
Ich daänk, doss hott eu verstanne, unn ich daänk au,
dess eu doss nett meh vergaässt,
bann eu widder emoa enn saftige Rhöner Zwübbelsploatz aässt.

Widder emoa im Urlaub gewaäse

Hee neulich bruchte mir Urlaub, mir woarn widder emoa fort.
Noach fönf, sächs Stonn im Fliecher woarn mir dann dort.
Es zoog ons olle Iifallspinsel,
off so e spanisch Urlaubsinsel.
De Weend hotts Fluuchzeuch durchgerüttelt,
unn bei de Landung durchgeschüttelt.
Unn bee mir noch im Fliecher hocke,
hott merr es Urlaubsziel von obe gesaähr: olles FURZTROCKE!

Au bann mir noch so dorschtich gucke,
im Fliecher, doa goabs nüscht ze schlucke.
Dann leef dee Stewardess vorbei und hatt e Flaäschee mit debei.
Ich soarn: „Doss konn doch nett gesei".
Doss Schlückee Wasser hott, doa saährt merr ungern Prost,
so vill bee dehei enn gaanze Kubikmeter Leitungswasser gekost.
Ich honn se gefroacht, barömm doss so wär?
„Mein Herr", so saährt se, „Sie fliegen Ryan Air!"
Doa blinn ich in mimm Siitz drenn hocke
unn blinn solang, bee ´s au nur gett: FURZTROCKE.

Mimm Bus wurn merr dann obgehoolt,
senn über dee gaanz Insel dann gerollt.
Dee Landschaft ohne Baum unn Strüch off onserne Reise.
nur ollsemoa im Gestrüpp e poar dörre Geise.
„In einer halben Stunde", so wurd ons gesoart,
„sind Sie am Ziel von Ihrer Fahrt!"
Doss hott ewwer nur für dee Erschte gegolte,
mir dorfte nett uisstiech, au bann mir gaärn wollte.
Onser Hotel woar zo ollerletzt onn de Reih´
unn ich hatt enn Dorscht, ich hätt könnt geschrei.
Ewwer es goab nüscht ze treenke, mir bleebe im Bus drenn hocke.
Min Haals woar bee dee Landschaft: olles FURZTROCKE.

Gleich senn mei doa, hört merrsch im Omnibus munkel,
unn bee´s sowiet woar, woarsch druisse stockdunkel.
Mir Zwaä woarn im Bus nur noch ganz allei.
In mir raäht sich enn Wunsch: Ach bee schöö wär´sch dehei!

Ewwer gebuucht senn zwaä Woche, ach bee schöö.
Unn nur schöö Waäder, annerscht, be dehei in de Rhöö.
Ewwer vo waäche: Von morrids bess oawends, ich wells euch verzeehl,
dee Sonn braännt vom Himmel, bess teef in dee Seel.
De Weend hott gebloase, dess derr Kaktus nur so wöckelt.
Dee Landschft, mie Kehle: olles vertröckelt!
Dee Luft in Bewaächung, es hott nur noch gebloase,
derr ganz Saand vom Strand in minner Noase.

Merr freit sich über es kleinst bessee Schoabel,
bee merr sich au iiölt: Dee Huit platzt vom Noabel.
Omm Bockel, doa zeiche sich mordsgrosse Bloase,
dee Huit, dee fällt robb von de Ohrn und von de Noase.
Boss waärsch dehei jetz so schöö, egal, bo mir au täte hocke,
doa hätte mir olles: Unn es waär nirchends: FURZTROCKE.

Eins honn ich in daäm Urlaub gelaännt.
Doss ess e Erfahrung, dee bo jeder kaännt:
Dehei, doa laabe mei eigentlich in emm rechtiche Paradies,
dee Vööchel, dee zwitschern, unn gröh ess dee Wies.
Ewwer merr moss halt ollsemoa fortfoahr, bann merr well wess,
bee schöö´s dehei in de Heimat ess.

Dehei, so donn ich drömm fröhlich frohlocke,
Doa ess es waällich schöö – unn vür ollem: nett so FURZTROCKE!

Bee´s fröher woar – bee´s hütt so ess

Boss sich olles so verännert hott

Minn Opa, ich konn mich noch good onn enn entsenn,
daä sotzt in simm Alter im klaänne Köchele drenn.

Haä hott in de Eck omm Wiedekurb römmgemoaicht.
So hott haä übern Weender zah (10), zwölf Körberee fertichgebroaicht.

Rente hott de Opa so good bee goar kei gekreicht.
Ewwer, haä woar zefriede, bann haä sieh Brot in de Mellich geweicht.

De Sommer über schafft de Opa fröher im Ruuhrgebiet off emm Bau.
Unn dee Oma kömmert sich dehei ömm fönf Keng, dee zwaä Köh unn e Sau.

Jeden Doag goabs Äärwet, meh bee genung, bess deef
in dee Noaicht manchmoa nieh.
Kartoffel wurn gelaäht, dee Geeechte geleest, dee Hünner geföddert,
dann hoolt merr se rieh.

Holz wurd`gehackt, e Saäuee geschloaicht,
unn dann kreichte dee Nochber dodefoo noch dee Wörschtbröö gebroaicht.

Ömm dee Schoolaäwete von de Keng, doa kömmert sich keins,
doadefüür woar kei Ziet.
Für daä ganz pädagogisch Kroom,
doa woarsch noch nett so wiet.

Hüttzedoags heißt de erscht Kengergedaanke scho fröh morrids „Tablet“,
unn hott vier Äcke.
Unn kei Maänsch weiß, boss dee Denger in daäne klaänne Köpperee
oohstaälle oder bezwaäcke.

Hüttzedoags verlosse manche Kengeree derr Kengergoarte
schuu mit wisse Kittel.
Unn sei honn, banns de Aältern noach gett, in de klaänne Haäng
schuu beinoahr enn Doktertitel.

Hüttzedoags will merr omm Baäste in de erschte Schoolklass` scho wess,
bee´s später emoa mit de Rente so ess.

Hüttzedoags getts zwaämoa im Joahr in Urlaub,
unn banns gett, ziemlich wiet.
Unn dee Lüüt, dee honn meh bee Olles. Bloß boss se nett honn,
doss es fürenanner Ziet.

Doss olles gett mei ollsemoa in mimm Koop so römm,
unn ich daänk: Ob dee Lüüt von hütt eichentlich glöcklicher senn?

Dee Volksschool

Lang ess doss haär, vür ville Joahrn,
bee ich enn klaänne Jong noch woarn.
Doa geeng ich, so bee`s fröher woar,
für oaicht Joahr in e rechtich School segoar.

Dee School, hütt goarnett meh bekaant,
wurd „Volksschool“ fröher nur genaant.
Zwaä Klasse goabs in onsere School,
doa föhlte oll dee Keng sich wohl.

Eih Lehrerin, dee hatte mir,
für dee Klasse „Eins“ bes „Vier“.
Dee Klasse „Fönf“ bes nuff noach „Oaicht“,
dee hott de Schoolläh r dann gemoaicht.

Woarsch im Weender kaalt unn nass,
doa moaicht ess Schoolgenn goar kaänn Spass.
Wollte in de School nett gaanz erfrier dee Keng,
mosst merr e Schiedee Holz mitbräeng.

Weil, sonst bleeb de Ofe kaalt.
Holz holte mir dann zesomme uis em Waald.
Daä Öngerricht woar nett bee hütt,
bo´s ville Pädagooche gitt.

Mei laännte es Rächere, Raumlehre,
Schööschrift, Deutsch, Religion unn Uffsatz schrie.
Unn baär nett gelaännt hott, daä mosst setzeblieh.
Unn kreicht de Schoolläh r eimoa Zorn,
doa goabsere mimm Stäcke ömm dee Ohrn.

Dann wurn dee Aältern informiert,
unn merr kreicht dehei noch ei geschmiert.
Uffgoabe dehei hott kaänner noachgeguckt,
doss hott dee Aältern nett gejuckt.

Dee hatte genung mit sich saälber ze donn,
dess mei oawends aäbbes zum Esse omm Düüsch gehatt honn.
Trotzdäm honn mir in onsere Volksschool, au ohne Abitur, recht vill gelaännt,
weil merr derr „Ernst des Lebens“ fröh erkaännt.

Manch aänner hott sich dann im Laabe, bee merr hört,
in simm Beruf unn sonstwo good bewaährt.
Onser Volksschool vo doamoals, dee Ziet es lang vorbei.
Hütt ess olles annerscht, deshalb moss merr nett schrei.

Konn merrsch au hütt nur schwaär noch versteh:
Au unser Schoolziet, dee woar schöö!

Rock´n Roll

Fröher, doa geengs schu los, ganz frööh omm Morree
mit Kaffeekoche und Zichorree.
Unn uis emm Radio, doa koom e Melodie,
dee hatt minn Vodder joa gehoit noch nie.

Woarn onser Aältern au verzweifelt,
mei senn für`m Radio römmgeweifelt.
Es kannt uns goarnett luit genung gesei,
bann uis em Radio koom doas Rock´n Roll–Geschrei.

Mei dorfte oawends fort, daänn mei wurn äller.
Dee Anacondas spielte schnaäller.
Unn boss bei daäne uis de Musikboxe quoll,
doss hoit sich waällich ooh, be Rock´n Roll.

Bann mei hüttzedoags onserne Keng beim Daanze emoa zoogucke,
doa fange hütt noch onser Bei`gleich ooh ze jucke.
Doa spörrn mei´s bess in klaänne Fenger:
Dee Rock´n Roll Musik, dee macht ons hütt noch jönger!

Drömm oll eu Lüüd, zeicht, dess eu im Haäzz noch ümmer jong seid,
unn dess eu euch noch hütt beim Rock´n Roll freit.
Unn baä´s noch konn, daä deff, au bann´s mancher nett verstett,
mitdaanz, so lang, bee´s Freid macht unn bee´s üwerheit noch gett.

Manchmoa, bann merr so römmguckt, doa könnt merr gemein, dess sich onser Waält gaächeüber fröher total veraännert hott. Bo merr doss besondersch maärkt, doss ess dee Entwicklung von onserne Landwirtschaft.

Fröher, doa goab's beinoahr in jedem Huis e klei Landwirtschaft. Doa woar in beinoahr jedem Huis im Durf e Bäueree dehei. Doa goab's dee Geisbäueree. Es goab dee Köhbauer unn es goab dee Güllsbauer. Unn baä so good bee kei Landwirtschaft hatt', doss woar enn Höttner, daä hatt nur sieh Hött.

Hütt hott merr in manchem Durf groad noch en einziche Bauer. Unn daä bewertschaft mit himmelgrosse Maschiene so vill Laand, bee fröher dee ganze Bäueree im Durf ollminnanner zesomme. Unn au onser Dörfer, dee woarn annerscht bee hütt.

Einsam fährt haä mit simm Güllee

Fröher, bee's noch kei Autos goab, doa wurd olles mit emm Guill unn emm Güllswaärnee transportiert. Unn derr Bauer, daä hott sinn Guill mit enner eichene Sproach gelaänkt – unn dee Sproach geeng so:

„Hopp Jüirr!":	„Ziehr oh!"	(„Auf geht's!")
„Hottnömm!":	„Raächtsrömm!"	(„Nach rechts!")
„Harömm!":	„Lenksrömm!"	(„Nach links!")
„ÖÖhla Brrrrr!":	„Blieh stenne!"	(„Bleib stehen!")

Daä Bauer, daä hatt' sieh Güllee von Haäzze gaärn. Dee Zwaä, dee woarn so aäbbes bee goode Kommeroade. In daäm Gedicht, doa kömmt au noch e Stöckelee vom Himmel vüür. Noaichts, bann dee Staärn omm Himmel stenn, doa konn merr naämlich e gross Staärnbeld gesaähr, doss Staärnbild vom GROSSE WOAHR. Unn vür daä gross Woahr ohgespannt, doa sehrrt onsern Bauer, bann e e bessee ins Treime kömmt, sinn olle Kommeroad, sieh Güllee. Unn haä daänkt zeröck onn de schönne olle Ziete.

Einsam fährt haä mit simm Güllee
über Wald unn über Flur.
Manchmoa hält haä e klei Willee,
daänkt sich, bee schöö ess dee Natur.

Lerche zwitschern hoch omm Himmel
unn e Reh kömmt uis emm Waald.
Unn dann streichelt haä sinn Schimmel,
„Komm, lauf los - sonst werd dersch kaalt!“

Konn dann sieh Güllee ihn, banns aalt ess,
eimoa goarnett meh geziehr.
Unn haä konn doss Hufgeklapper
vür sinner Kutsch nett meh gehüür.

Dann daänkt haä oft noch onn sinn Schimmel,
unn haä daänkt oft noch onn sinn Woahr.
Dann guckt haär glöcklich nuff zomm Himmel
unn sehrrt sieh Güllee, oohgespannt omm Grosse Woar.

Haä daänkt dann onn dee olle Ziete mit simm baäste Kommeroad.
Unn haä schwatzt dann mit simm Güllee, boss obe leift omm Himmelspoad.

Hopp Jüirr, mieh Güllee hüür zoo.
Hopp Jüirr, mieh Güllee ziehr ooh.
Unn Hottnömm heißt raächtsrömm
unn Harömm heißt lenks.
Hopp Jüirr unn Ööhla Brrrrr!

Schellschied unn Kummet

Es haängt e Schellschied drenn im Hobbyraum.
Unn e Kummet unn e Stöck vom Zaum.
Fraecht eu mich, barömm ich traurich senn,
dann well ich´s euch dehee verzehl, barömm.

Ich saährn derr Säustall, bo einst derr Watz gegrunzt.
Oll doas ess ei für ollemoa verhunzt.
Au bann ich guck in jeder Aäck genau,
es grunzt im Stall nett meh e einzich Sau.

Boss woarsch einst schöö, bann mei dee Köh gehott.
Sei leefe langsam, halt im Köhstallstrott.
Onser Viecher, joa dee hatt`ich gaärn.
Ich moss boll schrei, bann ich derr Stall hütt saährn.

Nu haängt es Schellschied drenn im Hobbyraum,
und doss Kummet, doss kaännt merr hütt noch kaum.
Ich daänk, doss konn merr waällich good versteh:
So aäbbes dott emm olle Bauer weh!

Haä ess enn Kuiz

Haä fährt enn himmelgrosse Bulldog, doademit kurvt haä durch dee Flur.
Haä gitt debei sieh Baästes, jeden Doag – roind ömm dee Uhr.
Haä faährt sitt ville Joahre schon, immer Faäldwaäg nobb unn nuff.
Jeden Graänzstei, jeder Faäldhött, dee zeehlt haä im Schloaf schon uff.

Sieh Haäng, dee senn uis lise, bann haä hengerm Laänkroad setzt.
Für ihn zaählt nur sinn Bulldog, au bann haä olsemoa oarch schwetzt.
Haä raucht nett unn haä süfft nett, banns oarch hochkömmt, moa e Bier.
Haä freit sich off dehei, off sieh Frau unn dee drei Keng, boll waännsere vier.

In de Noaicht, bann haä im Baätt leit, lässt´n sinn Bulldog noch nett roh.
Doa treimt haä von sinner Freiheit, unn haä guckt dann rechtich froh.
Unn haä freit sich off de Morree. Freit sich off sinn MB-Truck.
Omm lebste daät haä uffstenn. Off der Bulldog, nuis – unn ab.

Jeden Doag ess haä dehei – in simm Waald unn sinner Flur.
Haä ess enn Kuiz. Haä ess enn Teil von de Natur.

Dee drei Schnieder

Dee Rhön ess wohl e gastfreundlich Laand.
Doss ess wiet über onser Heimat nuis überoal bekaant.

Ewwer neue Määnsche, dee honn´s nett ümmer gleich licht.
Doadevoo verzeehlt nu dee nächst klei Geschicht:

In emm klaänne Dörfee obe in de Rhön ess emoa zogezoche enn Freeme.
Doa heeß doss gleich: boss ess daä daä Neu dehee für enn Reeme?

Gleich honn se gewittert dee Konkurraänz.
Sei wollte wess: Boss schafft daä daä Staänz?

In de Wertschaft omm Sonntich noach de Kerch,
doa goab´s beinoah schon de ollererscht Zerch.

Unn so wurd gefroacht daä Neu im Nu:
„Hee, hüür emoa zoo, boss schaffst daä du?"

E bessee deschrocke woar daä neu Mann,
„Von Beruf senn ich Schnieder", so säahrt haä dann.

Doa woarsch mit de Roh in de Wertschaft vorbei!
„Mir honn hee im Dorf nett nur aänn Schnieder, mir honnere scho zwei.

Unn bann du noch dezo kömmst, dann waärn merr jo drei.
Doa ess mindestens aänner ze vill, nää, doas konn nett gesei!"

„Losst euern Äärcher, behalt euer Roh.
Unn seid so good, unn hörrt merr erscht emo zo!

Ich senn zwoar au enn Schnieder, doa mach ich kaänn Witz,
ewwer net für Weiber unn au net für Kütz.
Dehee bei Euch im Rhöner Laand
ess minn Beruf els „Säuschnieder" good bekaant.

Ich mach uis emm klaänne Säubeezelee mit ei`m Schnitt e hall Frau.
Sonst schnieder ich nüscht, senn kei Konkurraänz, doss mösst ihr wess ganz genau!"

Unn weil haä kaänn Herrn- unn kaänn Dame-, sondern enn Säuschnieder woar,
honn sich von daäm Doag oh dee Schnieder im Durf widder vertroah.

Unsern Ami uis de Kasern

Es ess noch goarnet so lang haä.
Merr meint, dess groad erscht gewaäse waär.

In Foll goab´s e Kasern mit ville, bee bekaant,
Saldoate uis emm Amilaand.

Dee sallte sich raächt wohl dehee föhl,
unn nett nur jeden Doag dee Panzer öl.

Desswaäche wurn dee haärzlich ihgeloade,
zo Rhöner Säuföss, Schwoartemoache unn gegrillte Broate.

Rhöner Kultur unn Wörschteree.
Merr troaf sich unn doss woar rechtich schöö.

Es wurd schöö gedoafelt, good gegässe,
unn au es treenke nett vergaässe.

Amerikanisch wurd geschwatzt, nüscht woar ze schoad.
Und manchmoa goab´s au „Whiskey soatt".

So koom´s, dess so enn Ami, schöö besoffe,
de rechtich Waäg nett meh hott getroffe.

So koom´s, doss hörrt´ merr dann verzeehl,
dess haä in Kercheteich nieh fehl.

Doa plätschert haä e Will drenn römm.
Und sieh` „Sitjuäischen", dee woar waällich schlömm.

Schließlich faängt haä off Englisch oh ze roffe.
Platt kannt haä jo nett und woar besoffe.

„HELP, HELP, HELP“, so schallt´s üwwern Platz naäbe de Kerch.
De Rehbergs Josep hört enn unn saährt „Boss für enn Zerch!

Hält off Ladünsch hütt dee Kerch de Poar?“
Doa schallt´s widder „HELP“ – unn emm Josep wurd kloar,

dess enn besoffene Ami im Teich drenn schwoom.
Daäm oarme Kützee woarn dee Oarm scho loohm.

Doa röfft de Josep daäm oarme Amijong zo:
„Kützee, heier uff unn krüsch doch nett so!

Woahrscheinlich naämlich, du dappicher Trunkenbold,
wist du onn dinner Lage doch selber schold.

Ich daätt dir joa helfe, obwohl ich dieh Sproach nett kaänn.
Ewwer du hättst halt anstatt Englisch, leeber es Schwömme söllt länn!“

Derr Rhönbomber

Fröher, bee merr noch kei Reizwäsch hott gekaant,
woar e Stöckelee Öngerwäsch uis de Rhön bekaant in Stoadt unn Laand.

Uiswaännich fööhlt sich´s waällich oh bee Sateng.
Ennwännich woarsch zoart bee frösch ihgekreemte Weiberschhaäng.

Merr kaant doss „Dessous“ els Bomber der Rhö´
unn besondersch im Weenter, doa foong merr derr Rhönbomber schö´.

Daä woar schö gross unn heelt öngerömm woarm.
Baä kaänn Rhönbomber nett hatt´, woar, bann´s kalt wurd, waällich oarm.

Henge geeng daä gaanz wiet nuff, bee fei.
Nuff, bes übersch Oarschgeweih.

Doa goab´s kei kraanke Nerneree
unn au dee Längwiet dott nett weh.

Doademit kannt merr, so konnt mersch erfoahr,
sich nett nur gewaärm, merr kannt au dee Pille gespoar.

Weil, bann emoa sich raähte dee Triebe,
woar daä Bomber au so aäbbes bee „der Töter der Liebe“.

So enn Rhönbomber woar doadezo au preisgünstich unn praktisch.
Hütt täät merr soahrn: Doss Gerät woar „galaktisch“.

Dee Endverwendung, über dee schwatzt merr noch hütt,
weils aäbbes Ökologischeres bess hütt nett gitt:

Woar daä Bomber aalt unn obgewotzt,
dann hott merr enn Lombe druis geschneede, unn dee Traäpp mit gebotzt.

Es Auto kannt merr demit saubergemach von daäm ganze Geschmier,
unn hengerhaär kannt merr daä Woar noch polier.

Au bann merr sich hütt doa drü amüsiert:
Baä von euch hott doss schon emoa mit emm Tanga probiert?

Laöderee unn es Indernett

Neue Schuhr unn Äärwettskittel,
Spalt-Tablette unn Staubsaucherbüttel,
beinoahr olles, eu Lüüd, doss gett doch nett,
werd hütt bestaalt im Indernett.

Ömm so manch Geschäftee` in derr Stoadt,
unn off emm Durf, ess deshalb schoad.
Weil dee honn deshalb über Noaicht
ihrn Loade für ümmer zogemoaicht.

Es werd Ziet, eu Lüüd, dess merr bedaänkt,
onn boss - unn on baämm - daä doss nur haänkt.
Es werd im Loade geguckt unn´s Gaäld gezaahlt.
Es werd vergleche – unn dann im Indernett bestaalt.

Ewwer dee Laöderee off emm Durf unn in de Stoadt,
dee waärn nett allei vom Ohgucke soatt.
Doa werd so mancher Loade zogeschlosse,
weil derr Ömsatz stoark hott noachgelosse.

Merr moss nett fraäch, bo droh doss leit,
dess neue Laöde kaänner ih mee weiht.
Manch Wertschaft au, so bee merr hörrt,
ess au schon ohne Gast unn Wert.

Weil, Wertschafte senn au betroffe,
s`Floaschebier werd hüttzedoags dehei gesoffe.
Drömm joammerrt nett über Laöde, dee senn zogeschlosse.
Es leit on euch saälwwer, weil eu unverdrosse,
dehei nur ohguckt unn dann uiswaärts kauft.
Dann wonnert euch nett, bann mancher Haängler dee Hoaar sich rauft.

Bann merr dee Laöderee unn dee Wert im Durf mit simm Besuch nett meh verwöhnt,
dann hott merr au kaänn Loade unn kei Wertschaft im Durf nett meh verdeent.

Dess eih Laödee noach emm annere ih dann gett,
doss wonn sogoar dee Inder nett.

Bee gett hüttzedoags dee Bollitik

... oder: „Dee Mehrheit von de Minderheit“
Mehrheit senn dee, dee bo dee meiste senn.
Minderheit senn dee, dee bo nur e poar senn.

Ich wells euch jetztert erklaär, dess doss jeder verstett,
bee´s in de Bollitik hüützedoags so gett:
Doss gett doademit los, dess doss so e poar politische Ganzschlaue gitt.
Dee teile daäne annere doss, boss se so meine, ziemlich luit mit.

Unn schu faängts bei e poar von daäne, dee bo dee meiste senn, ooh,
dess se daänke, vielleicht es onn daäm Daänke von daäne,
dee bo nur e poar senn, tatsächlich aäbbes droh?

Doss gett so lang, bess sich e poar von daäne, dee bo dee meiste senn,
mit daäne, dee bo nur e poar senn, zesommedonn.
Unn dann, dann ess doss Deng schu beinoahr so good be gewonn‘!

Weil doss immer so wüdderscht unn wüdderscht gett,
solang, bess enn gaanze Teil von daäne, dee bo dee meiste senn,
henger daäne, dee bo nur e poar senn, stett!

Doss heiert natörrlich nett uff, bee merr sich´s konn gedaänk:
Merr konn doch so e poar, dee bo nur e poar senn, nett loss gehaänk!

Unn off eimoa, doa hott merr dann derr Saload:
Ömm dee schöö Mehrheit von daäne, dee bo dee meiste senn,
ömm dee, doa ess doss nu schoad!

Weil nu off eimoa dee, dee bo dee meiste woarn, nett mee dee meiste senn.
Unn dee, dee bo nur e poar woarn, senn nu dee,
dee bo nu v ü ü r daäne fröhere meiste stenn.

Unn es werd nett lang dauere, es ess nu emoa so:
Irchendwann faängt doss ganz Spielee von vorn widder oh!

So, eu Lüüd, olles verstanne? Doss ess der gaanz Trick:
So getts´s zoo off de Waält. So funktioniert se hüttzedoags, dee Bollitik!

Aärd – Mond – Mars

(Der Maänsch es schu e besonder Gedierz)

Jetztert wonn se au noch off derr Mars gaanz nuff.
Boss wollt eu daä doa, heiert merr doch doademit uff.
In dausend Joahrn, so soarn se, doa waärn se sowiet,
doa gaöbs au doa oowe Platz für enn Haufe Lüüd.

Kontakt nahme se uff mit enner wiet entfernte Galaxie.
Egal bo dee es - doa nuff, doa kömmt merr doch nie!
Off emm Mond, do senn se schu gewaäse vür ville Joahr.
Unn boss hott´s gebroaicht, soahrt merrsch klipp unn soart´s kloar.

Ville Milliarde honn se doademit verbroate.
Ewwer off daäre Aärd es doadurch so good bee goarnüscht baässer geroate.
Üweroal off de Waält gitt´s noch ümmer Kreeg unn es gitt Honger.
Nüscht hott eu verbaässert mit euerm Mond- unn Marsrömgelonger!

Kömmerrt euch erscht emoa ömm dee Maänsche hee önge off daäre Waält,
bevüür eu off emm Mars enn Gaaleröweacker bestaellt.
Ich hall do villes nur für brotlos` Kunst,
solang hee önge onser Waält von ons Maänsche werd verhundst.

Kömmerrt euch leewer ömm derr Honger unn ömm Friede hee off de Aärd.
Doa gitt´s genung ze donn – unn d e e Aärwet, dee waärsch waällich waät.
Solang, bee hee off de Waält noch e einzich Keend verhongert,
moss doss waällich nett sei, dess eu doa obe dee Milliarde verdonnert.

Solang bee hee off de Äärd noch dee Waälder verrecke
unn dee Biene vür lauter Spretzzeuch nur noch göcke,
solang bee off de Äärd noch aänn Krieg hengerm nächste es haär,
unn solang bee noch e einzich Keend vür Honger moss staär,

doa ess mit daäm Mars für dee Maänsche nüscht gewonn:
Es gitt hee önge off de Äärd himmelvill noch ze donn!
Anstatt, dess im Weltall für vill Gaäld nur römm werd gehorcht;
daänkt einfach nur droh:

Mir oll zesomme honn dee Waält von onserne Keng nur geborcht!

Bann dee ganz Karrona Corona hott

Hüttzedoags ess de ganz Waält be verratzt.
Überoall werd nur von daäm „Corona" geschwatzt.
Merr deff kei Enkel meh dröck, in kei Wertschaft nett geh.
Korzrobb, so ess doss Laabe nett schöö!

Merr deff so rechtich in kaänn Urlaub nett foahr.
De Friseur schnitt nur noch mit Maske dee Hoar.
Dee Keng in de School: Maske off in derr Klass, unn au Maske druisse.
Dann gett´s heim ohne Maske, in übervoole Busse.

Segoar de Wissesonntich, daä honn se verlaäht.
So es daä Doag doch au nur noch haalb so vill waärt.
Neue Nachrichte unn Gesaätzer, dee gitts jeden Doag, ungelooche.
Korzrömm: dee ganz Waält es verbooche.

Doadebei woar Corona fröher überoall bekaant.
In derr Stoadt. Ewwer noch mee druisse omm Laand.
Hott merr fröher überraschend Besuch von derr ganz Verwandschaft gekreicht,
doa woar dee Huit im Gesecht olsemoa blass bee gebleicht.

Unn derr Opa soog zur Oma: „Modder – hüür,
dee ganz Karrona stett vür de Tüür!
Dee komme ollminnanner mit Keng unn mit Hoind.
Unn dess dee komme, doss hott enn Groind:

Ess es off Ostern schöö trocke unn woarm,
doa kömmt dee ganz Verwandtschaftskarrona -
unn fresst dich oarm.

Ess dann off Pengste es Waädder heiter,
unn dee Vöögeleree zwitschere widder lüddersch t,
doa stett dee ganz Karrona schon widder für de Tüür:
unn dann fraässe se wüddersch t.

Corona ess über Noaicht gekomme

Corona es über Noaicht gekomme.
Corona hott ons villes, boss mir hatte, eifach fortgenomme.
Enn Kreeg, daär wurd degaäche uisgeroffe.
Weils kei Maänsch mee gitt, doss bo nett ess betroffe.

Dess merr e Gaäjeleistung konn gespüür,
moss merr sich zeollererscht emoa maskier.
Boss merr doadefür bruch, jeder Mann unn jede Frau,
doss ess e Maske – ganz genau!

Baä kei hott, es gett ganz fix,
daä hott bestimmt enn Thermomix.
Daä Apperat ess aäbbes dolles.
Weil, daä konn ganz einfach olles.
Daä moss merr mit de Zoodoate föll,
dann draäht daä sich ganz rasend schnaäll.

Unn fertich ess, merr wells nett glei,
so e Maske – eins, zwaä, drei.
Gleich off dee Noas demit im Nuh.
Unn au es Muil, doss daäckt merr zu.

Natörlich moss merr dee Maske, doss daänk ich mir,
olsemoa au woasch unn desinfizier.
Zeaärscht broberrn merrsch im Ofe, sonst zum Backe,
ömm derr Virus uffzeknacke.

80 Groad, doa bruch merr Mut.
Nur e hall Stönnee, doa gett derr Virus kaputt.
Hoste kaänn Ofe, bo merr drenn konn geback,
dann konnste derr Virus au mit emm Iise zum Büchele geknack.

Dee ollerhöchst Stufe werd iehgestahlt.
Gleich hoste derr Virus in dinner Gewaalt.
Dee römmgenoohte Staälle, dee boa aäbbes dicker,
waärn gründlich gebüchelt, doss gett daäm Virus off dee Klicker.

Wellst du desinfizier emoa off dee Schnelle:
Es gett au in der Mikrowelle.
Zwaä Minutte nur bei siebehonnertfuchzich Groad!
Vürhaär moss ruis de Noasedroaht!

Sonst gitt´s Feuer in de Kist`, eu Jonge,
unn dee Desinfektion ess nett gelonge.
Boss merr dann bruch, boss könnt´s annerscht gesei,
doss ess e Maske – unn zwoar e neu.

Blitt merr ollminanner schöö gesond!

Es gett de Maänsche bee de Lüüd

(Rhöner Lebensweisheiten)

Doa ess nu schu Haärscht

Dee Ziet vergett so schnaäll, dess de olsemoa meinst,
dess de e jong Kützee noch waärscht.
Ewwer groad guckste in Kallänner,
unn doa ess nu schu Haärscht.

Off dee Obstwies mit ihrene dausend Blööte, dehei naäwedroh,
guck ich unn däänk, es waär enn Traum.
Kaum guck ich mich römm,
doa falle schu dee Bleeder vom Baum.

Joa dee Ziet vergett so schnaäll. Du daänkst, doss woar doch groad aärscht.
Dann guckst de in Kallänner, unn doa ess nu schu Haärscht.

Minne Enkel bei ons dehei off de Wies, daäne guck ich gern zoo.
Dee sprenge unn tobe, unn dee gann goar kei Roh.
Unn ich setz off de Baank unn daänk: boss ess doss daä bloß;
dee woarn doch groad noch klei – unn nu senn se schu boll groß.

Joa dee Ziet vergett so schnell, du meinst, doss woar doch groad aärscht.
Unn dann guckst de in Kallänner, joa, es ess nu schu Haärscht!
Unn dann guckst de in Kallänner, joa - es ess nu schu Haärscht!

Bee dee Ziete sich aännern

(Der Traumberuf)

Jedem Keend, so hörrt merrsch immer wier,
daäm schwaäbt, banns noch klei es, enn Traumberuf vüür.
Ewwer nett olles, boss emoa woar enn Traumberuf,
doss behält für immer unn ewig sinn goode Ruf.

Els Keend, doa wollt merr, lang ess doss schu haär,
vielleicht zeaärscht Bankmann unn dann vielleicht Pilot emoa waär.
Unn ville Maäderee, dee wollte wess,
bee´s els Stewardess off de Waält so ess.

Mancher Jong, lang ess doss nu haär,
daä wollt nüscht annerscht, bee Schiffskapitän emoa waär.
Doa sehrrt merr dee Waält, unn doa verdeent merr vill.
Olles könnt merr erreich, so heeß doss, bann merr nur will.

Oll honn se gedoaicht, so e Sorte Berufe waärn secher.
Doa hätt` merr sieh Laabe, eih für ollemoa, in trockene Döcher.
Ewwer irchendwann, doa staällt sich leider ruis:
Au so manchem Pilote gett dee Luft langsam uis.

Manch Fluchgesellschaft, de hott zogemoaicht,
unn haä stett off de Stross dann über Noaicht.
Unn au daä Traum von daäm Bänker, daä gett nett meh uff.
Daä good Ruf von daäne geeng vür laängere Ziet schu druff.

So manch Schiff, doss leit in irgend emm Hafe fest.
Von villem, boss mancher emoa gewollt hott, do blitt nur enn Rest.
Unn manch Stewardess haängt in de Luft.
So mancher Traum ess geplatzt unn eifach verpufft.

Unn merr moss erkaänn, dess doss, boss gaästern noch els Ziel woar begehrt,
doss ess hütt off eimoa so good bee goar nüscht meh wert.
So mancher Traum, daä hott hütt dee Kraäänk;
Dee Hauptsach ess, merr lässt sich selwwer nett haänk!

Gett emoa e Tüür im Laabe zoo, dann püff eifach druff:
Irchendwoannerscht gett e Tüüree bestimmt widder uff!

Doss Metermoaß

„Opa, guck doch emoa, boss hee in de Zeitung drenn stett.
Gäll, Opa, boss doa drenn stett, Opa, doss stimmt doch so nett.
Weißde Opa, doss verstenn ich nett, Opa, doss ess doch nett woahr:
Im Durchschnitt waärnn Männer in Deutschland 77 Joahr!

Unn Opa, boss ess daä e Statisik – unn boss macht merr doademit?“
„Doademit laännt merr“, saährt derr Opa,
„dess es enn statistische Durchschnitt gitt!“

„Opa, bee aalt bist´n du, unn boss hott dee Statistik für dich für enn Sinn?“
„Weißde, mie Kützee, in derr Statistik, doa leit enn ganze Haufe Woarheit drenn!“

Dann saährt de Opa: „Also bass uff, minn Jong, ich well dei doss nu erklär.
Doss ess statistisch ganz eifach, ewwer zomm Begriffe,
doa ess doss raächt schwaär“.

Dann hott derr Opa es uffgerollt Metermoaß in dee Haand genomme.
Unn es senn emm saälwer im Koop dee Gedaanke gekomme.

„Opa“, saährt de Klei und lässt simm Opa kei Ruh.
„Opa, soag merrsch, bee aalt bist`n du?“

Doa hott de Opa „67“ gesoart unn goab simm Enkelee in dee Haand e Schaär;
„Unn nu schnittsde dee 67 vom Meterbaand önge robb unn schmisstse fort,
doss es doch nett schwaär!

„Weil“, saährt der Opa, „dee 67, doss soahrn ich dir,
Kützee, dee 67, dee honn ich schon henger mir.“

„Gäll, Opa“, saährt doa de Klei ganz verwonnert,
„Gäll, Opa, du werscht doch bestimmt emoa Honnert.

Dann saährt de Opa zu simm Enkelee: „Du willst doss doch wess,
bee doss mit daäre Statistik so ess.

Unn jetztert, minn Jong, doas saährt dee Statistik klipp unn kloar:
In Deutschland, doa werd enn Mann im Durchschnitt 77 Joahr!!

Deshalb schnittsde jetztert von daäne 100 bei 77 obe robb doas Meterbaand -
unn dann behältsde noch 10 Zentimeter in dinner Haand.
Unn doss es dee Ziet, dee dimm Opa noach de Statistik noch blitt.
Unn ich mein, minn Jong, doss scheckt mit daäre Statistik für hütt!"

Unn doa senn dee Zwaä, doss Kützee unn au de Opa ins Daänke gekomme.
Unn sei rockte off de Baank e bessee naährner zesomme.

„Gäll, Opa, dee Statistik, dee stimmt nett immer?!"
„Naäh, minn Jong", saährt de Opa, „manchmoa ess dee Woahrheit noch schlimmer.
Ewwer eigentlich getts joa nur ömm e Metermoaß els e Beispiel doadefür,
bee viell Ziet ons zwaä zesomme blitt, dir unn mir.
Du mosst versteh, ich wollt dir joa nur dee Statistik erklär, ganz schlicht!"
Doss olles ze begriffe, doss feel daäm Kützee unn doss feel au daäm Opa nett licht.

Weil: Ess Laabe ess halt, unn doss moss merr wess:
Es Laabe ess nu emoa, so bee es Laabe nu emoa ess!

Fröher, doa wurd rebbariert

E äller Ehepoar, sei woarn scho ziemlich aalt.
Dee sotzte im Café, heelte Haängee unn honn sich verzaahlt.
Doadenaäwe sotzt e Paäree, dee woarn noch ziemlich jong.
Unn doss jong Maäje kannt nett im Zaum gehall sieh Zong.
Drömm rockt se mit ihrm Stoohl ganz noah onn dee zwaä Olle,
unn geeng mit ihrer Froach gleich in dee Volle:

„Ich sehe mit Freude, wie sie den Tag sich gestalten.
Und sich dabei sogar an den Händen noch halten.
Wie lange sind sie denn bitte schon zusammen, sie zwei?"
Doa saährt daä Mann: „Hüür emoa, mieh Maäje, du bist mir joa inderreih!

Schon laänger wohl be fuffzich Joahr.
Zo onsere Ziet woar so aäbbes ganz normal, ess dir doss kloar!"

„Fünzig Jahre ist wohl eine lange Zeit,
gab es bei Ihnen denn wohl niemals einen Streit?
Und haben Sie jemals, wie man das heute schnell mal macht,
auseinander zu gehen jemals gedacht?"

Doa saährt de Opa mit ganz aärnster Miene:
„Onsern Zuuch, daär fuhr fröher off annere Schiene.
Banns bei ons fröher emoa geeng e wengee durchenanner,
doa wurd nett gleich fortgedooh von daäm aänne de anner.

Doa moaicht merr nett, be hütt, so Posse.
Doa wurd nett gleich derr anner verlosse.
Doa wurd nett gleich olles uffgeraächert unn uisenanner dividiert.
Doa wurd nett gleich olles fortgeschmesse: Doa wurd r e b b a r i e r t!

Unn so, mieh jong Maäje, so ess doss gekomme,
doss merr senn bess hütt, noach über fuchzich Joahr, noch glöcklich zesomme!
Mir hatte ONS – unn woarn deshalb nett oarm.
Weil: enn Gaäldsack macht es Bett nett woarm!

Zum Aäng, do well ich dir noch drei Sache verroat.
Behall se für dieh Laabe, bann de se vergesst, doss wär waällich schoad:
Good gefröhstöckt, doss hält für enn Doag, enn gaanze.
Unn good geschloaicht, doss föllt dir enn gaanze Weender de Ranze.
Ewwer good geheiroat, daänk immer droo:
Doa hoste e ganz lang Laabe aäbbes devoo!"

Hütt raähnt´s

Hütt raähnts, hütt raähnts, mei blinn hütt drenn im Hüüsee.
Hütt raähnts, hütt raähnts, mei genn nett uis em Huis.

Bann hoste daä zum letzte Moa enn lange Breef geschreebe?
Bo senn daä oll dee Fotos von de Urlaubsfoahrt blooß hieh?
Bo senn mieh schlaue Böcher unn dee Breefmoarke gebleebe?
Hütt honn ich Ziet, ich bruch kaänn Sonneschieh!

Monopolie unn Rommee honn mei lang nett meh gespeile.
„Mensch, äärrer dich nett“ unn Schoafskoop honn mei ball verlaännt.
Emoa widder in e Booch nieguck, vertrieht dee Langeweile.
Es ess doch waällich schöö, bann´s wieremoa duisse raächtich raähnt.

Mieh Frau, dee saährt „Los, mach dich nuff, rumm uff omm Ööwerbuide!“
Doss hörrn ich nett, ich laänn noch e klei Hölzee onn Kamin.
Ich hörrn hütt nett emoa, bann onser Kercheglocke luite.
Ich blinn hütt ruhich, bewaäch mich nett, ich treim hütt für mich hin.

Unn oawends werd dann onn de Mamma noch e wengee römgeglubbert.
Doss macht daä Doag so hengenoach erscht rechtich schöö.
Unn bann vür Uffraächung ons zwaä es Haäzz dann kräftich bubbert,
dann freie mei ons über so enn Raäh-Doag in de Rhö!

Hütt raähnts, hütt raähnts, mei blinn hütt drenn im Hüüsee.
Hütt raähnts, hütt raähnts, mei genn nett uis em Huis.

Loss mich leih!

Schon els Keend, haär geeng noch in dee School,
doa föhlt haä sich dehei in simm Baätt omm lebste wohl.
Unn bann dee Modder koom unn hott enn uffgewaäckt,
doa ess haä, noch im Schloaf, korz uffgeschraäckt.

„Loss mich leih, ach loss mich leih – loss mich noch e Stönnee leih!“

Später dann, haä hatts´s zo ebbes gebroaicht.
Hott els Beamter Karriere dann gemoaicht.
Unn ömm dee Mittoagsziet, doa wurd haä immer ruhich:
„Losst merr dee Roh, hütt Mittoag schaff ich durch.“

„Losst mich leih, ach losst mich leih. Losst mich noch e Stönnee leih!“

Werd´s dann oawends olsemoa raächt spät,
unn haä ess deshalb omm nächste Morree noch oarch mööd.
Doa hörrt haä in simm Traum dann manchmo e zoart Stömm.
Unn haä draäht sich im Haalbschloaf noch emoa ganz langsam römm:

„Loss mich leih, ach loss mich leih. Ach, loss mich noch e Stönnee leih!“

Bann du enn oarme Vodder host

Enn klaänne Jong, daä freecht emoa, in Träne uffgeweicht,
barömm sinn Freund e Foahrroad hätt unn haä hätt keins gekreicht.

Doa saährt derr Babba zo simm Kuiz: „Du bist zo Raächt in Sorch.
Dinn Vodder ess enn oarme Mann, doss Gaäld, doss mösst ich borch!"

Doss Kützee, doss ess groß geworrn unn leef de Maäje noach.
Unn boss für ei dee rechtich waär, so staällt haä sich dee Froach.

Dann saährt haä zo sich: Jong, sei schlau unn überlaäh nett lang.
Nahm dee, dee bo enn riche Vodder hott, dee ess de rechtich Fang!

Bann du enn oarme Vodder host, doa konnste nüscht devüür.
Ewwer ess dinn Schwiechervodder oarm, dann leit doss nur on dir!!

Bann dir oller Mut vergett

In der Rhön, doa gitts e Rezept, doss helft manchmoa gaäche olles.

Es ess Mondichmorree. Du wachst uff,
unn es gett schu olles schief.
Schu beim Dusche, doa verbraännst du dir der Buuch.
Dann verschüttst de dieh Tass Kaffee
unn dinn Schlipps lässt sich nett beng.
Dann hoste von daäm Doag schu genuch.

Du stiechst ins Auto, draähst omm Schalter,
ewwer dee Kröck, dee sprengt nett ooh.
Unn schu fliert dir dee Secherung ruis.
Unn dinn Scheff, daä serrt, bee de ze spät kömmst
unn haä schisst dich rechtich ooh.
Unn dee Kollege, dee lache dich uis.

Unn dann werd´s Oabend. Unn dann werd´s dunkel,
unn dieh Frau well mit dir schmuus.
Ewwer du bisst mööd und saährst: „Loss merr dee Roh!"
Doch sei blitt eisern unn höhlt es Schnäpsee.
Unn dann streichelt se dir übern Koop
unn saährt: „Schatz, ich konn doch au nüscht dezoh.

Daänk droh, minn Schatz:
Bann dir oller Mut vergett,
dann loss ons erscht e Kaänne lööt.
Dann sehrrt dee Waält
gleich wier gaanz annerscht uis."

Bee ess dersch daä so?

„Bee ess dersch daä so?“

„Noa jaä, manchmoa ess mersch so,
unn manchmoa ess mersch so.“

„Unn bee ess dersch, banns dersch emoa nett so ess?“

„Noa jaä, bann mersch emoa nett e so ess,
dann ess mersch aäbe nett e so!“

Bann de meinst

Manchmoa, bann einns gesoicht werd zum Ohpacke,
doa honn se olsemoa ollminnanner kei Ziet unn jeder hott e anner Uisred`.

Bann de meinst, dieh Haäng waärn vill ze zoart
unn zozepacke, doss waär nett dieh Oart.
Bann de meinst: Loss doch dee annern schaff.
Du saälber waärscht zum Schaffe vill ze schlaff.

Bann de meinst, du waärscht noch vill ze mööd,
unn pünktlich sei, doss ess dir vill ze bläöd.
Bann de meinst, de Dokter schriet dich kraank,
leit bei dir nur e klei Förzee blank.

Bann de meinst, du wellst kei Schöpp me saähr.
Aäbbes saälber mach, doas ess dir vill ze schwaär.
Bann de meinst, dinn Scheff, daä waär saublööd.
Omm Schriehdüüsch setz, doss ess dir vill ze ööd.

Naä, ich loss euch mit daäm „Bann de meinst" kei Roh.
Basst good uff, unn hörrt ollminanner jetz good zoo:

Boss mir bruche, doss senn Domme,
dee gern schaffe mit zwaä Haäng,
good unn gern – jeden Doog.
Boss mir bruche, doss senn Domme.
Schlaue Schwaätzer gitt´s genung!

Babba, hol Waäck!

Dee nächste Zeile, de hangele von emm Vodder,
daä bo morrits uis simm Baätt werd geschmesse,
obwohl haä gaärn laänger lennegebleebe waär in sinne Kösse.
Sieh Frau unn dee Keng, dee senn nett ze halle,
weil se ihm oll zesomme off de Waäcker falle.
See jommern zesomme schu fröh; es Lenneblinn hott kaänn Zwaäck:
„Babba, stiech uff! Babba, hol Waäck!"

Unn so getts dann jeden Morree in der Herrgottsfröh,
doa moss haä uis simm woarme Baätt uffsteh.
Sieh Frau, dee scheckt ihn dann zum Bäcker hieh.
Doa röfft haä luit: „Ich will noch lenne blieh!"

Dann stiecht haä uff unn ziert dee Schlöbber oh.
Sieh Frau, dee überbrööht de Lindeskaffee scho.
Dee Keng, dee setze römm omm Köchedüüsch.
Unn bann haä heikömmt, donn se überluite Krüüsch.

Bann se fertich dann gefröhstöckt honn,
doss dauert lang, länger bee e ganz Stonn.
Dee Dott mit Waäck ess ratzebutze oll.
Dann donn se Brööl, dann plärre se bee doll:

Babba, hol Waäck, Babba hol Waäck...

Derr rechtich Wääg

Bann hüttzedoags klaenne Keng off dee Waält komme,
doa gehörrn dee jonge Aältern meistens noch zo de Domme.
Sei wesse nett, bee doss soll geh mit daäne Keng,
unn bee merr für dee de rechtich Waäg soll feng.

Bee sonn se bloß dee Kengeree erziehr!?
Ich hätt enn goode Roat doadefür!
Daä Roat, daä ess vielleicht e klei wengee schrääch:
doa moss merr nämlich omm bäste dee Lüüd frääch,
dee bo saälber goar kei Keng nett honn,
unn dee bo vielleicht au goar kei eichene nett wonn,
unn bei daäne, bo omm Düüsch setze kei eichene Fraässer.
Dee wesse - boss Erziehung ohgett – olles!!
Unn manches segoar noch baässer!!

Hütt nett gemoicht, moin droh gedoicht

(aufgeschoben ist nicht aufgehoben)

Ehnichnaächte droh gedoaicht.
Naächte hätt merrsch ballööh schu gemoaicht.
Hütt ess widder nüscht geworrn.
Merr verschörcht´s off Übermoin.

Unn banns dann au nett werd gemoaicht,
doa werd nächst Woch wier droh gedoaicht.
So schörcht merrsch dauernd vür sich haär.
Bann söllt´s daä endlich aäbbes waär?

Scho wier ess widder nüscht geworrn.
Mei verschörche´s noch emoa off Moin.
Unn banns au Moin nett konn gesei,
villeicht erledicht sich´s dann von allei!

Hee neulich ess de Koarl gestorbe

Haä ess, bee se soarn, ganz friedlich iehgeschloffe.
Angeblich honn se au noch der Dokter geroffe.

Unn haä stoon natörrlich in de Zeitung, off de laätzte Sitt.
Doa hott merr gedoaicht, dess doss e himmelgross Beaärdichung gitt.

Bei de Beaärdichung ewwer, doa woar kaum aäbbes los.
Villeicht so ömm dee honnert Lüüderee blooß.

Doss ess vill, bann de staärst in de Stoadt.
Ewwer bei ons om Durf, doa senn honnert Lüüd einfach nur schoad.

Joa, daä Koarl, doss woar, bee daä jong woar, enn mordse Kaälle.
Unn enn Schaffer, enn goode – unn waällich en schnaälle.

Egal, bo aäbbes gewickt hott, boss au wollt sei,
doa goabs nüscht: de Koarl woar debei.

Beim Sportverei hott haä ville Joahre unverdrosse,
fast jeden Sonntich mindestens eih Tor geschosse.

Doadefür hott haä au ville Ehrunge gekreicht.
Unn boll waär e au Ehrenmitglied geworrn – villeicht!

Mit emm Rhönklub ess de Koarl ville Kilometer marschiert,
unn hott so manchen Wanderwaäg saälber markiert.

Beim Gesangsverei woar de Koarl enn gefeierte zwohte Bass.
Mit sinne schönne Stömm moaicht haä oll dee annere nass.

Au in de Kommunalbollitik in onserer Gemei,
doa woar de Koarl, ville Joahre, natörrlich debei.

Bei de Foaset woar de Koarl vür Joahre segoar,
zesomme mit sinner Frau, de Lina, es Prinzepoar.

Ewwer ess es halt so, bee`s nu emoa ess.
Unn beim Koarl woarsch nett annerscht, möster wess.

De Koarl wurd` aäller, unn ess langsam in Vergaässeheit geroate.
Unn haä wurd au nett meh zu jedem Faäst iehgeloade.

„Römm ess römm", so hott de Koarl immer gesoart.
Unn bann merrsch bedaänkt, doss ess goarnett verkoahrt.

Der Koarl wuurd aalt, unn öngerdaässe,
wurd derr Koarl – von de meiste – ganz eifach vergaässe.

De Kriegerverei hott ihm noch enn Kraanz ins Groab noachgeworfe;
unserm Koarl, einst derr wichtigste Mann in onserm Dorfe.

Deshalb, unn doss hott de Koarl emoa saälwer gesoart,
unn zwoar in sinne ihm eichene, unnachahmliche Oart:

„Bann de wellst, dess ville Lüüd henger dimm Soarch laufe haär,
doa gitts nur eins: doa moste fröh staär."

Ewwer eichentlich konn´s emm au ganz egal gesei:
Weil, bann merr erscht tot ess, ess merr sowieso ganz allei!

„Unn lenn ich", so soog der Koarl, „dann in mimm Soarg doa drenn,
dott merr enn Gefalle, unn draäht mich römm.

Laäht mich off derr Buuch, doss erfüllt sinn Zwaäck.
Doa könnt eu mich nämlich oll minnanner..."

De gaanz Doag lang

Bann de morrids uffstiechst unn du lachst - hüür nur good zoo:
Doa hoste de gaanz Doag lang aäbbes devoo.

Bann de oawends wellst lach, doa blitt dir kei Woahl.
Doa moste meistens lihtritt bezoahl.

Deshalb, banns gett, fang dinn Doag raächt fröhlich oh!
Doa hoste, bee gesoart, de gaanz Doag lang aäbbes devoh.

Vodder, laäh dich hieh!

So mancher Doag vool Äärwett, daä nimmt dich mit unn macht dich fertich.
Du freist dich off derr Oabend, off dehei, off Frau unn Keng.
Du sehnst dich noach de Schlappe unn du sehnst dich noach dimm Bier.
Du waärtst off derr Feieroabend unn dess dieh Frau dann saährt zo dir:
„Laäh dich hieh, laäh dich hieh, bann de mööd bist, laäh dich hieh!
Vodder, bann de mööd bist, laäh dich hieh!"

Woarscht du emoa omm Stammdüüsch, host mit Freunde durchgezaächt;
Du host zevill getroonke, es ess dir rechtich schlaächt.
Du sehnst dich noach dimm Sprudel, konnst kaänn Schnaps nett meh gerüch.
Joa, dann waärsch dir omm lebste, reef dieh Freiee uis de Köch:
„Laäh dich hieh, laäh dich hieh, bann de mööd bist, laäh dich hieh!
Vodder, bann de mööd bist, laäh dich hieh!"

Gaähst du emoa bein Dokter, wellst äänner bloa mach – drei, vier Doar.
Ewwer haä staällt fest, dir faähIt nüscht, uiser der Faulenzia.
Du wellst enn gaale Zeetel, Du wellst nur, dess dee Sach sich klaärt.
Du waärtst off's erlösend Wörtee, unn dess der Dokter endlich saährt:
„Laäh dich hieh, laäh dich hieh, bann de mööd bist, laäh dich hieh!
Vodder, bann de mööd bist, laäh dich hieh!"

Unn söllst du emoa gestorbe sei und stehsst dann vür de Himmelstüür.
Dann nimmt der Petrus dich inn Oarm unn saährt ganz lieb zu dir:
„Laäh dich hieh, laäh dich hieh, bann de mööd bist, laäh dich hieh!
Vodder, bann de mööd bist, komm rieh unn laäh dich hieh!"

Aäbbes zum Schmunzele unn au zum Lache

Dee Rhöner könne au raächt derb gesei.
Ewwer dee Rhöner senn au ehrlich.
Ehrlich unn manchmoa au derb.

Olle vier Joahr

Olle vier Joahr deff de Wähler sieh Krützee widder mach.
Unn haä deff sieh Krütz dann saälber vier Joahr lang troar, so ess dee Sach.
Ewwer immer, bann e Woahl kömmt off ons zoo,
Doadrüber, eu Lüüd, doa senn ich rechtich froh.

Doa mach ich dee Tür uff – unn fang oh unn lach.
Weil dee Wahlkämpfer fraäche, boss se für mich könnte gemach.
Doa fällt mei gleich enn ganze Haufe ieh.
Ich soarn ze daäm: „Ach, komme sei doch erscht emoa rieh!"

Ess doss enn Saubermann von de CDU,
daä lass ich mieh Auto woasch, gleich im Nu.
Daä von der CSU, daä loss ich minn neue Filzboide verlaäh unn scheck enn nuis.
Weil mit daäm Filz, doa kennt daä sich so rechtich good uis.

Daä von de Grönne, daä scheck ich in Goarte, doss ess doch ganz kloar.
Daä konn im Saloatbeet dee Schnecke verjoahr.
Daäm von de AFD soarn ich: Saätz dich in e Löchelee nieh unn groab's wier zoo.
Dann honn ich von euch für e ganz Will mieh Roh.

Klingelt aänner von de FDP, doa genn ich mit em ins Huis
unn soarn: „Troar merr doch der gaal Sack schnell emoa nuis!"
Daä von de SPD scheck ich nuff off derr Ööwerbuide, unn frei mich über daä.
„Doa obe leit dee Oma, dee mösst emoa widder gewoasche waär."

Unn bann omm Sonndich dee Woahl ess, doss ess bee enn Zauber:
Doa ess bei mei dehei in Huis unn Hof oalles blitzsauber!

Doss Fröhstöcksbraät

Enn Uisflug nuff in onser Rhöö,
daä dott emm Leib unn au der Seele schöö.
Kreecht öngerwaäs merr Abbeditt,
ess good, merr hott zum Neisele aäbbes mit.

Omm baäste ess e Fröhstöcksbraät,
mit goode Sache deck belaäht.
Empfohle ess, du host debei
enn Schwoartegöinter – unn e Ei.

Unn für de Schinke noch e Maässer,
weil, dönn geschneede schmaäckt e baässer.
Enn goode Ploatz mit frösche Greebe,
Kartoffelsripps, ganz frösch gereebe.

Unn öngedröng, doss ess zum Platze,
doa stett e Schössel Wasserspatze.
Baä esst gaärn Greezelfleisch mit Zwübbel?
Es gitt debei vom Senf en Dübbel.

Unn Säuföss drenn im Suuwerkruit.
Raächt good gewörzt, doss lobt merr luit.
E Sopp mit Aärwes, Buin unn Linse,
dee losse dann dinn Bobbes grinse.

Unn hengerhaä gitts uis emm Dopp
enn schönne Daäler Gröömbelsopp.
Unn au von Wittes Backhuisbrot,
doss schmaäckt de Föllsche Rucksaäck good.

Ewwer in de ollergrösste Not,
doa schmaäckt dee Worscht au ohne Brot.
Zum Schluss enn Kaffee – ohne Soatz,
dezoo e schö gross Stöck vom Quaätscheploatz.

Merr sehrrt, in onserne schönne Rhöö,
doa ess nett nur dee Landschaft schöö!
merr hott gedoaicht, doss Fröhstöcksbraät, doss scheckt für zwei.
Ewwer nu ess oll – merr könnt geschrei.

Dee klaännste Ferkel...

Bann äänner durch e Tüür well - unn ess defür ze groß,
dann moss daä saähr, bee haä doa durchkömmt:
Haä moss sich böck, so gett doss bloß!
Enn Klaänne, daä stett uffraächt, blitt strack unn werd nett schief;
Gett uffraächt durch sieh Laabe durch – unn moss sich nett verbiech!

Es woar emoa e Säuee, doss grunzt allei im Stall.
Doss woar so schmoal unn ohmaächt, dess durch der Rost wollt fall.
Daä Bauer saährt: „Doss Säuee, doss kreeche mir nett groß!"
Enn goode Roat woar teuer. „Boss mache mir daä bloß?"

Baä daänkt, dess nur dee Grösste dee Ollerbaäste senn,
moss wess, dess ville Klaänne ihrn Mann im Laabe stenn.
Doss ess e ganz oll Weisheit – dee Geschicht, dee ess nett neu:
Dee klaännste Ferkel, dee gann olsemoa – dee ollergrösste Säu!

Ois unn Bulle

Daä Iisebooh-Roadwaäg bess noch Heldersch nuff ess waällich schöö.
Durch dee herrlich Landschaft getts vom Paäderschbaärch bes nuff in dee Rhöö.

Off daä Waäg hott sich neulich mit ihrm elektrische Foahrroad
e Fulder Dame nuffgewoacht,
unn vür de Mälderscher Köhwies hott se e Rhöner Bäueree gefroacht:

„Warum", so säahrt se unn bisst in ihr mitgebroaicht Stulle,
„ist in derr Rhön der eine ein Ochse unn der andre ein Bulle?"

Doa säahrt doss Bäueree zo ihr: „Bo komme sei daä haär?
Enn Bulle, daä konn natörlich Vodder gewaär!

Ewwer enn Ois, daä werd, du oll Großstadtronkel,
in simm Laabe nett meh, bee villeicht emoa Onkel!

Unn nu, du oll Schössel, du söllst es Foahrroadfoahrn baässer loss.
Mir honn hee in de Rhön schon genüchend Rengviecher off derr Stross!"

Hüfaäller Gaalbern & Föllsche Rucksäck

Rivalidäte zwösche Nochberschdörfer, dee senn joa bekaant.
Unn au önger Städte gitts doss, bee merr so ahnt.
Ob Düsseldorf – Köln oder Wiesboade – Mainz,
kei good Wurt werd omm annern gelosse, nett eins.

Au bei ons in de Rhön gitts so Revierkämpf öngernanner.
Doa äärrert ganz gern derr ei emao de anner.
Ess losse sich überoall ville Beispiele feng.
Doss wesse meistens segoar schon dee Keng.

Els Beispiel naänn ich Hof- unn Langebieber.
Oder waär euch FölschFoll unn Hüfääld villeicht lieber?
Dee Rivalidäte senn meistens „historisch begründet", doss saährt merr so.
Unn bee daä eih übern annere haärziehrt, doss macht daär anner genau e so.

Merr moss sich doadebei schwaär überweng,
bann de eih de anner sympathisch well feng.
Unn doss macht kaänn Halt vür irgendemm Lebensbereich.
Omm Beispiel von FölschFoll unn Hüfääld will ich doss zeich!

Merr könnt dee Noome von Foll unn Hüfääld au ganz einfach uisgewässel.
Doa sötzte halt ganz eifach dee annere drenn, im verspottete Sässel.

„Euer gaale, weiche Bern im Hüfaäller Laand,
dee senn ons Föllsche lang schon bekaant!"
„Eu Föllsche Rucksäck uis FölschFoll,
euch Schwoartemoachefraässer fengt bei ons kaänner toll!"

Enn Föllsche, bann daä kaänn Domturm meh sehrrt, fängt ooh ze äässe.
Bevüür enn Hüfaäller „Schwoartemoache" saährt, hott´n derr Fulder schu gefraässe.
Weil enn Föllsche im Haabschloaf, doss ess gewess,
hellwacher bee enn uffgeweckte Hüfaäller ess.

Hüfääld, so heißt daär Nochberschort.
Baä enn sehrrt, daä well ganz schnaäll wier fort.

Dee Maänsche dort senn oll verratzt,
weil von daäne kaänner Hochdeutsch schwatzt.

Nur bei ganz weng Maänsche ess Hüfääld bekaant.
Es werd au dee „Sahelzone" vom Landkreis Foll genaant.

Doss baäst onn Hüfääld, doss moss merr wess,
dee Zuchverbindung noach FöllschFoll doch ess.

Baä eimoa in Hüfääld woar, kömmt überoall zeraächt.
Daä fengt segoar es Laabe in Sibirien nett schlaächt.

Hüfääld könnt so schö gesei, unn nüscht tät ei´m störrn,
bann doa bloß nett dee ville Hüfaäller ols waärn!"

Unn so getts dann ümmer wüdderscht,
manchmoa heimlich, manchmoa lüdderscht...

Bei oll daäm Überenannerhaärgeziehr – doss wesse dee Schlaue bee dee Domme:
Es ess doch olles nur Spass unn mei gehörrn doch ollminanner zesomme!!

Für boss de Josep so spoart...

Bess merr guckt, doa ess scho widder e Joahr verbei.
Unn mir Männer daänke: Über boss söllt daä mieh Frau sich frei?

Mei honn doa drüber schon vill diskudiert.
Unn mei honn eichentlich olles schu uisprobiert.

E Parfüm, e neu Kleid oder vom Schmuck e schöö Stöck?
Ewwer meistens dusche dee Weiber doch olles sowieso wier zeröck.

Enn Goodschieh, doss waär waällich ideeelos.
Unn enn Fünfhonnerteuroschieh, doss waär nu doch e bessee ze groß.

Ewwer minn Freund, de Josep, daä hott sieh Gedaanke in de Gewaalt.
Daä hott off sieh Noaichtsdüüsch-Schaängelee e Spoarbüchse-Saäuee druffgestaalt.

Unn jedesmoa, bann se sich besondersch gern honn, haä unn sieh Frau,
doa schmisst haä enn Euro nieh in dee Spoarbüchsee-Sau.

Unn von daäm, boss doa drenn ess, in daäm Spoarbüchse-Leib,
kreecht e Geschaänk dann zum Geburtsdoag sieh oahgetraut Weib.

Für e poar Joahrn hott sich doss für sieh Anneliese rentiert.
Weil fröher, doa honn dee Zwaä noch ganz schöö vill zesomme poussiert.

Ewwer noach so ville Joahre ess dee Ehe nu au schu e wengee malad.
Deshalb gitts in demm Joahr nur e Doafel Schockolad!

Ollemoa baässer

Bann du emoa meinst,
dess dieh Schicksal vu ollminnanner waär es schwerst.

Dann däänk droh:

Es ess ollemoa baässer, du bist derr zweit Mann von de Witwe,
els bee de Erscht.

Vür de Kist

Ville Maänsche verbraänge ihrn ganze Doag vür de Kist.
Unn meistens gitts nüscht annerscht ze saährn, els bee nur Mist.
Ewwer bann merr genau guckt, hott olles sinn Sinn.
Doa leit enn gewisse rote Foade drinn:

Fröh omm Moree, doa verhaut im Fernsehn enn Mann sieh Frau.
Unn bann doss verbei ess, ess dee gröh unn blau.

Müttoags stett haä dodefür beim Fernseh-Richter vür Gericht.
Unn Gnade? Näh! Gnade gitts doadefür nicht.

Oawends sengt sieh Frau dann bei DSDS, soarrn ich im Vertraue.
Nu konne se oll versteh, barömm haä se hott morrids verhaue!

Ich feng minn Bröll nett

Der Rhöner saährt: minn Bröll unn derr Bröll
Obwohl´s joa eichentlich heißt: die Brille.

Ich feng minn Bröll nett – bo söllte daä sei?
Bo woarn ich daä zeletzt – sogg, boa könnte gelei?

Ich feng minn Bröll nett – ich konn kaum aäbbes gesaähr.
Bo leit bloß doss Deeng – bann ich nur wösst, bo e waär.

Erscht woarn ich omm Kloo droff – unn dann woarn ich im Boad.
Dess merr bloß kaänner druff trett – doas waär himmelschoad.

Vielleicht in de Wohnstuh – omm Sims omm Kamin?
Naäh, doss konn nett gesei – doa laäht merr enn Bröll doch nett hin.

Ich woarn onn de Huisdüür dann – honn noach derr Zeitung geguckt.
Dann honn ich dee Tablette – für minn Kreislauf geschluckt.

Verdorree, doa leit e joa – saährt kaänn Pieb unn ess doa.
Mir woarsch schu ganz annerscht – joa, mir woarsch schu ganz schroah!

Jetztert fang ich es Fröhstöcke ooh – ich honn enn Honger, bee enn Guil.
Naäh, doss es doch nett möchlich – boss ess bloß los in mimm Muil?

Nääh, doss es nett ze gleiwe – doss gitts nett, so enn Schiess.
Jetz honn ich minn Bröll – unn nu faählt merr´s Gebiess!!

Enn olle Bauer

Enn olle Bauer, daä hatt e jong Freiee.
Doss woar voller Laabe unn wollt oawends fort.
Daä Oll, daä woar mööd nur unn wollt gern dehei blieh.
Haä saährt: „Komm blieh doa, boss wellste daä dort?"

Sei woarn off emm Daanz dann, dee Musik woar oh,
doa saätzt sich e jong Maäje on Düüsch mit dezoo.
Dee hott ihm gefalle. Unn sieh Frau, dee saährt böös:
„Du machst dich zum Aff vür daäm jonge Gemöös!"

Doa saährt haä zu ihr: „Guck nett so schroah,
du wollst doch nuis, du wolltst´s doch so hoa!"

Boss ziehrt merr uis daäre Geschicht für e Laähr?
Doss es doch waällich unn Gott goarnett so schwaär:

Bann sich dee Olle von de Juchend losse trieh,
dann roste dee Olle au nett so schnaäll ieh!

Dee heilich Dreifaltichkeit vo Schwoarzbich

E fromm Freiee, sei woar uis emm Schwoarzbicher Ööweramt,
dee woar mit de Heiliche Maria ganz innich bekaant.

Sei hott jeden Doag e poar Moa zur heiliche Jungfrau gebäätt,
unn hott gehofft, dess ihr doss gääche doss ewich Feuer emoa helfe täät.

So knoot` se au wier emoa in derr hoarte Kerchebaank
unn hott gebäätt zur Jungfrau Maria – luit unn innich – unn laang.

Zur glieche Ziet woar derr Elektriker von Schwoarzbich debei,
unn broaicht omm Altoar derr kaputt Lautsprecher wier in de Reih.

Groad woar haä hengerm Altoar verschwunde,
doa hörrt haä, bee es Freiee bäätt scho wier dee „Fönf Wunde".

Haä däänkt: Freiee, hütt kreech ich dich emoa rechtich droh!
Unn – kaum gedoaicht – doa hott haär´s au schu gedoh.

Unn haä schwatzt räächt luit ins Mikrofon,
dess de ganz Kercheraum hott gehallt dodevoo:
„Jesus spricht mit dir!!" – Ewwer doss Freiee lässt sich nett stüür,
unn hott so gedoh, els bann se´s nett könnt gehüür.

Über dee Lautsprecher in de Kerch, doa schallts nu erneut:
„Jesus spricht mit dir!" Ewwer doss hott derr Elektriker gleich wier bereut.
Weil, onser Freiee, doss woar nu offs Muil nett gefalle,
unn hott dääm Jesus omm Krütz luit degääche gehalle:

„Ich soarrn desch, hall dieh Muil, ich schwatz groad mit dinner Modder,
hall die Muil, du Kützee omm Krütz, sonst soarrn ich´s dimm Vodder!"

Müüsförzee unn Donnerschloag

E Müüsee hatt` emoa e Förzee gelosse.
Omm annern Doag stoon aäbbes in derr Zeitung von emm Gewitter in sämtliche Strosse.
Enn Journalist, daä hatt` devoo gehoit.
Daä woar bei daäm Gewitter goarnett saälber doit.

Es hatt` ihm eins devoo verzaahlt.
Dee Nachricht, dee koom bee bestaahlt.
Schu stoon doss Gewitter in der Zeitung drenn.
Daä Zeitungsstorm woar meh bee schlömm.

Ville Maänsche woarn verwonnert.
Es hatt doch waällich - nett emoa gedonnert.
Drömm: Bann mersch goarnett saälber weiß genau,
soll merr nett jedem Zeitungsbleedee trau.

Dort werd, au bann merr doss nett moag,
uis manchem klaänne Förzee gaärn enn luite Donnerschloag.
Drömm moss merr bedaänk, dess so manche Zeitungsschrieberei,
nett emoa dee Haälft von der Woahrheit könnt gesei.

Boss manchmoa stett im Zeitungsbloat,
ess zum Drohgleiwe vill ze schoad.
Drömm glei nett jeder Zeitungsleiche:
merr moss e Meinung hoa, unn zwoar e eiche.

Unn noch enn Vüürschloag on dee Presse:
Bann eu`s nett genau wesst, seid so good: Halt eifach ollsemoa
– es Muil!

Dee Predicht

In de Sonntichskerch hott von de zah Gebote gepredicht derr Poarr.
Unn sieh Stömm woar dodebei luit unn woar kloar.

Bee haä vom Klaue unn vom Staähle geschwatzt hott, ess es Koarlee zesommegezuckt.
Merr hotts rechtich gemaärkt, dess enn doa aäbbes juckt.

Dann predicht de Poarr von freeme Weiber und vom Ehebruch!
Doa kreecht emm Koarlee sieh Gesecht enn fröhliche Zuuch.

Daäm Poarr woar doss olles uffgefalle,
unn noach de Kerch hott haä es Koarlee uffgehalle.

Unn haä hott enn gefroacht, barömm haä beim Staähle waär zesommegezuckt
unn barömm e beim Ehebruch hätt so fröhlich geguckt.

„Bee sei vom Diebstahl geschwatzt honn, Herr Poarr, mösst eu wiss,
doa ess mir ihgefalle, dess ich minn teure Raähschirm schon länger vermiss.

Unn ich honn verzweifelt so bei mir gedoaicht,
villeicht hott enn so enn Dieb geklaut unn oh sich gebroaicht.

Ewwer, Herr Poarr, bee sei dann gepredicht honn von de Ehebraächerei,
doa ess merrsch wier ihgefalle, bo minn deure Schirm könnt geleih!!“

De eihonnertunnerscht Geburtsdoag

Derr Bürchermeister ess zo emm ganz besondere Faäst iehgeloade.
Doa nett hieh ze genn, doss tät simm Image moids schoade!
Dee Rehbaärchs Lina, es ess bee e klei Wonner segoar,
dee vollendicht hütt waällich unn Gott ihr eihonnertunnerscht Laawensjoahr.

Dee Bloaskapaäll hott gebloase unn de Gesangsverei hott jubiliert,
so dess merr dee Aähr für dee Lina üweroall spürt.
Unn bee de Bürchermeister in dee Stuuwe beim Öwerwert kömmt,
doa werd groad von de Lina e neu Liede ohgestömmt.

Unn dee Lina, dee ess, bee ümmer, baästens gelaunt,
so dess jeder über dee Rehbaärchs Lina nur staunt.
Unn de Bürchermeister faängt mit sinner Lobrede oh,
unn dee Lina, dee guckt doadebei noch fröhlicher be froh.

Unn de Bürchermeister freecht dee Lina, bohaär doss so ess,
dess dee Lina von morrids bess oawends ümmer frohgelaunt ess?
Doa saährt dee Lina: „Boss soll ich mich daä uffraäh, es gett merr doch good;
unn dehee im Altersheim, doa hott merrsch kei Not.

Unn waäche minne zwaä Jonge, 79 unn 81 Joahr senn se jetz aalt,
für dee honn ich nuh au olles baästens bestaahlt.
Ömm dee honn ich merr lang genung Sorche gemoaicht.
Dee Zwaä, dee honn ich jetztert au ordentlich öngergebroaicht!

Ich honn naämlich nu aändlich für mieh zwaä Jonge,
dehee im Altersheim e meh bee ordentlich Plaätzee gefonge.
Unn so daänk ich, weil ich deswaäche Erleichterung konn verspür,
boss soll merr daä nu off daäre Waält noch passier?

Unn nu, Herr Bürchermeister, nu wesse se, barömm
ich von fröhmorrids bess spaätoawends so good uffgelaäht immer senn."
De Bürchermeister gratuliert noch emoa unn saährt, bee e nuis scho gett:
„Ich hoffe, dass wir uns zu ihrem nächsten Geburtstag hier wiedersehen, das wäre sehr nett"

Doa saährt dee Lina, mit emm Aucheuffschloag, emm himmelefromme:
„Naddörlich, Herr Bürchermeister!
Bann sei dann noch laabe, sei senn herzlich willkomme!"

De Bürchermeister

Frei nach Wilhelm Busch
Nachdenkliches zum Amt

Waällich, haä woar unentbaährlich.
Überall, bo aäbbes woar,
- nur zum Wohl von de Gemei - woar haä debei,
doss woar doch kloar.

Sitzung im Ausschuss Haupt- und Bau.
Standesamt für Kütz unn Weiber au.
Akte noaichts, bes in dee spääte.
Dee Vertretung von de Gemeih, dee Ortsbeiräte.

Foasetsitzung, Saängerfaest und Kermesfeier.
Beim Gückelskrähe preisverdächtich.
Sportverein, Spretzeprobe bei der Feuerwaähr.
Ohne ihn, doa woar nüscht rechtich!

Ohne ihn woar nüscht ze mache.
Keih gaanz Stonn hatt` haär emoa frei.
Gaästern honn se`nn nu begroawe!
Rechtich ! – joa, doa war haä au debei!

Dee Berta unn de Dokter

Dee Berta setzt im Woartezimmer bei onserm Dokter drenn.
Doss ess daä Raum, bo dee ville Zeitschrifte lenn.

Ewwer irchendwann, sei hatt` schu länger gesotzt,
unn waär se nett gleich drohgekomme, doa hätt se gemotzt!

Doa schallts „Der Nächste bitte“ freundlich dann gleich,
„folgen sie mir bitte, damit ich den Weg ihnen zeich!“

De Dokter begrüßt se im freundliche Ton:
„Was macht denn ihr altes Übel, sie erzählten davon?“

Doa saährt dee Berta: „Herr Dokter, schöö, dess sei mich fraäche noch mimm Stoffel,
daä setzt groad dehei – unn schaält dee Kartoffel!“

Total depprämiert

Zwaä Weiber honn emoa beim Dokter gesotzt,
unn honn sich dee Müller üwwer ihr Maänner gewotzt.

Daä eih, daä woar ze fuil, daä anner hott nur geschafft.
So honn dee zwaä Weiber üwwer ihr Maänner geblafft.

Daä eih, daä geeng ze vill in dee Wertschaft, daä anner, daä saätzt römm nur dehei.
Jedenfalls: Zefriede mit ihrm Mann woar von daäne Zwaä kei.

So honn se über ihr Maänner haärgezooche.
Dee annere Patziaände honn sich für Lache gebooche.

Unn manchmoa, saährt dee eih, dess merr doss rechtich spürt,
doa waär ihrn Mann total d e p r e m i e r t !

Doa saährt dee anner: „Erlauben Sie,
minn Mann, doss ess au enn D e p p, ewwer p r ä m i e r t worrn
ess e doadefür noch nie!"

Es neu Haäzz

(Herzverpflanzung)

Doss Thema ess äänst unn nüscht, bo merr drüber mösst lach,
weil eichentlich ess vill ze äänst dee Sach.
Es gett ömm dee Ersatzteile von ons Maänsche.
Doss ess aäbbes anneres bee neue Strömp oder neue Haändsche.

Dee Medizin macht hüttzedoags villes, boss es fröher noch nett goab,
unn bewoahrt mit Neuichkeite manch äänner von ons vür´m Groab.
Eh naämlich hütt äänner dee Platte botzt,
doa kreecht haär aäbbes Neues ihgesotzt.

Fast neu, noch unverbrucht es Haäzz,
konn merrsch emm Kraanke ihgesaätz.
Doss gett ewwer nur, bann merr enn Uiswies für dee Organspende hott.
Sonst macht nett nur daä Kraank, doa macht au daä Dokter bankrott.

Ess ewwer äänner gesond und haä hott enn Satz in dee Holzkist gemoaicht,
unn haä hott enn Spaänderuiswies, daä werd so aäbbes aähnliches bee uisgeschloaicht.
Mit sinne Innereie konn merr annere Maänsche gerett.
Bloß: Ohne Spaänderuiswies, do gett so aäbbes nett!

Hee neulich, doa woarsch in derr Klinik passiert.
Es wurd enn 70jährige Mann ihgeleefert, bo nüscht meh hott sich gerührt.
Daä Dokter saährt: „Wir brauchen ein Spenderorgan!
Sonst lebt er nicht länger, der arme Mann!“

Es woar ewwer keins ze kreeche wiet und breit.
Derr Dokter saährt: „Wie helfe ich dem heut?“
Dann hott haä daäm olle Kuiz – haä hott nett lang überläht –
es Haäzz von emm jonge Bernhardiner in´ Brustkurb geläht.

Doss hott au gleich und ohne ze kloan
ohgefange und nett uffgeheiert ze schloarn.
Saächs Woche später wurd haä wier öngersoicht,
unn daä Dokter, daä fraächt ihn ziemlich besorcht:

„Wie kommen Sie mit dem jungen Bernhardinerherzen zurecht?
Geht's Ihnen gut oder geht's Ihnen schlecht?"
Doa saährt voller Freid zum Dokter daä Oll:
„Doss mit mimm neue Haäzz, doss gefällt mir ganz doll.

Mit minne siebezich Joahr höpp ich üwwer jeden Zui, bann mieh Freie mir püfft.
Off de Traäpp, doa nahm ich zwaä Stufe, doa bruch ich kaänn Lift.
Unn au sonst senn ich üwwer mieh Haäzzee sehr froh.
Bann ich e Auto saährn, doa fang ich bee enn Hoind es Guize gleich oh.

Bloß, banns Frauche kömmt und mir kömmt emoa es Schmuse in´ Sinn,
doss mit daäm Weedele, doss kreech ich noch nett hin!"

Unn dee Moral von daäre Geschicht:

Hoste gelaaht, geliebt, geraucht und woarscht au beim Suffe good droff,
hüttzedoags konnste off e neu Haäzzee gehoff.
Drömm söllt jeder von ons enn Spaänderuiswies hoa.
Weil es könnt joa gesei, es gett aäm saälber moa schroah.

In jedem Dorf gab es Originale – eines davon war:

De Jocks vu Grossemich

Einst woar im Hüfäller Gaalbernlaand
de Jocks uis Grossemich bekaant.
Haä kloppt gaärn Sprüch über olles und über jeden Söngefall
Ewwer eimoa, doa hott`s n saälwer dewoascht,
doa wurd haä Opfer vu emm Joahdunfall.

Haä woar zur Triejoahd iihgeloade.
Unn doadebei koom haä zo Schoade.
Es woar, so bee merr hoit genau:
Haä wurd verwaässelt mit enne Sau.

In eins vu sinne zwaä Auche vererrt sich e Korn vom bleierne Schrot.
Doa woar zo Raächt raächt gross dee Not.
Daä Joahdkolleech, daä bo daä Schuss hatt oabgegah off ihn,
daä leef voller Sorche zum Jocks gleich hin,

unn saährt zo ihm: „Gooder Jocks, boss mache merr daä nu?"
„Mei waänn sehrrn!" säährt doa derr Jocks in oller Roh
unn bleenzelt uis daäm gaanz gebleebene Auch` daäm annere zo:
„Hütt kömmst du merr noch emoa so devoh,
ewwer bann du doss noch emoa machst, doa guck ich dich waällich nett meh oh!"

De Jocks unn dee Apperadur

De Jocks, doss woar enn ganz enn Schlaue.
Unn bee merr hoit, au enn Genaue.
De Jocks, daä hatt emoa, so bee merrsch fröher hott gemoaicht,
schwoarz Schnaps gebraannt in dunkler Noaicht.

Irgendwie woarsch ruisgekomme,
unn sei honn ihn festgenomme.

Dee Polizei, dee noom de Jocks hoart ins Gebaät.
Ewwer haä hott es Muil gehalle, hott nüscht gesoart unn sich nett geraät.

Derr Inspektor, daä noom de Jocks härter bee hoart dann droh.
Es tröppelt imm derr Schweiß von derr Stern für lauter Uffraächung schoo.

„Herr Jocks, ich sag es nun, so wie es wohl war.
Bewiesen ist alles klipp und klar.

Der Spaß, der kommt sie heute teuer.
Schwarzbrennen ist verboten und kostet Branntweinsteuer!"

De Jocks, daär saährt: „Ich weiß von nüscht!
Oder honn sei mich villeicht, bee merr so saährt, „in Flagrantie" erwischt?"

Doa saährt derr Inspektor: „Auch, wenn sie noch nicht haben gestanden,
es ist alles bewiesen: Die Apperatur ist vorhanden!"

„Joa, bann doss so ess", soog doa de Jocks, unn haä meint doss au so,
„doa stett mei sitt 1954 au Kengergääld zo!"

„Aber Sie haben doch gar keine Kinder, da haben Sie wohl was falsch verstanden."
„Naä, naä, Herr Inspekter, doss es scho rechtich. Keng honn ich kei,
ewwer dee Apperadur, dee ess vorhanden!!"

Luit gehost

Es ess olles annerscht geworrn

Fröher, bann merr emoa e klei Förze hott gemosst,
doa hott merr, dess keins sallt hüür, eifach luit nur gehost.

Hüttzedoags ess dee Waält total bee verdroaht gaanzegoar.
Sitt Corona macht merr doss annerscht, moss ich euch soar.

Bann merr hütt emoa nur e klei bessee moss host.
Boss äämm, bann merr önger Lüüd ess, vill Überwindung kost,

weil, so enn Hoste hüttzedoags dee Lüüd oarch verstört,
doa laässt merr eifach e Förzee, dess merr derr Hoste nett hörrt.

De Opa leit im Staärbe

De Opa leit im Staärbe, ewwer haä woar nett allei.
Sinn klaänne Enkel setzt bei imm omm Baätt mit debei.

Doa saährt derr Opa:
„Eimoa noch e Stöckelee Quaätscheploatz, täätsde mir enns hole?"
Derr Jong gett nuis, kömmt widder unn laächelt verstohle:

„Dee Mama hott gesoart, ess gitt nüscht, doss mosste wess,
weil derr Quaätscheploatz fürn Tröster noach derr Beaärdichung ess!"

Fuchzich Joahr

...oder: emm Opa sieh glöcklichste Ziete

Dee Oma und de Opa feiern, so will ich Euch soahr,
ihr GOLDENE HOCHZEIT – zesomme fuchzich Joahr.

Doa werd beim Kaffeetreenke de Opa gefroacht vom Poar,
boss in daäre lange Ehe dee schönnst Ziet wohl woar.

De Opa guckt nüber bei dee Oma und guckt ganz verschmitzt.
Unn in sinne Auche, doa hotts ganz fröhlich geblitzt.

„Bann ich merr doss so rechtich überläh.
Es ess zwoar schon e Willee haär.
Unn doch, ich soarrn doss mit Bedacht,
woarn dee drei Joahr doss, in der Kriegsgefangenschaft!"

Dee Liebe gett durch de Moache

Derr Rhöner im allgemeine, daä schwatzt nett vill von sinne Geföhle.
Au doss mit daäre Liebe, doss es so e Sach.
So gitt´s im Rhöner Platt für „Liebe" kei eiche Wurt.
In der Rhön, doa schwatzt merr ömm doss Wurt drommrömm.
Bann enn Rhöner saährt „Ich honn dich gern" – dann es doss schu ziemlich vill.

Immer widder hört merr Froache:
Gett dee Liebe waällich durch de Moache?

Bann ich doss hörn, doa well ich ewwer au moa wess`,
Boa dee Liebe hiegett, bann se durch de Moache ess.

Weil, bann merr good gegaässe hoatt,
unn merr ess so rechtich roindrömm soat.

Ob merr well oder au nett – es ess esoo:
Baä good esst, moss off der Klo!

Unn es kömmt daä Moment, bo merr verstett,
bo dee Liebe hieh ess, bann se durch de Moache gett.

Es ess nu emoa im ganze Laabe so:
Bann olles good gett, ess merr froh!

Ewwer, bann zwaä Verliebte zo ennanner soarrn: Doss woarsch!
Dann ess doss, boss merr Liebe naännt schlicht: im Oarsch!

Doss Faätt in onserm Bloot

Doss Faätt in onserm Bloot, hört nur good hin,
doss heißt, bee jeder hütt weiß, „Cholesterin".

Dee Dokter roate, doss Faätt im Blood ganz flissich obzebaue
unn sich derr Buuch nett ümmerr vooll ze haue.

Merr kreecht geroate, obzenaahme.
Verzicht soll merr off Koche, good Butter unn off Sahne.

Verkorkste Waäte kreeche so kei Schangse
unn derr Umfang vom Korpus, daä blitt in de Balangse.

Nu weiß merr, dess olles im Laabe zwaä Sitte hott,
unn dess nett olles, boss dee Dokter aäm roate, aäm good au dott.

Vorteile hotts naämlich au, banns good aäm schmaäckt,
weil doss au dee Geister von dimm Laabe waäckt.

Weil: Decke, merr bruch sich nett es Muil ze waätze,
dee honn, banns aännst werd, zozesaätze.

Dee stenn au nett doa, bee dönne Hongerhocke.
Noach e poar Doar nüscht ze aässe, schon dörr unn trocke.

Unn: Gitts emoa e grösser Hongerschnot,
waärn Decke dönn - unn Dönne senn tot!

Es Koarlee, de Raächerkünstler

Be es Koarlee els Keend in dee School noch geeng.
Eu leewe Lüüd, doss woar so e Deeng.
Derr Schollährer staällt ihm e Froach – e ziemlich schwer segoar -,
unn uisgeraächert es Koarlee saällt ihm dee Antwort soahr.

„Was, Karlchen, nun meine Frage ist,
sag mir, was die Hälfte von 1 Meter 40 ist?"
Doa stiecht´s Koarlee uff unn guckt e wengee ranzich:
„Doss ess eifach, Herr Schollährer, doss ess enn halbe Meter 20!"

Derr Schollährer saährt: „Ich muss dich loben,
doch will ich nun, ob du daheim gelernt hast, proben!"

Unn so freecht haä: „Es setze 6 Maänsche im Bus und 8 stieche uis!"
Dann freecht haä es Koarlee: „Boss kömmt daä doa ruis?"
„Herr Schollährer", so saährts Koarlee, „doss ess doch nett schwaär.
Doa stieche zwaä widder iih – unn dann ess derr Bus widder läer!!"

Onser Rhöner Platt

Dee Rhöner ersaätze gaärn doss „W“ durch e „B“.
So heißt dann
wer, wo, was, wie, warum und wann:
baä, bo, boss, bee, barömm unn bann!

Dee Rhöner Nachrichtenbörse

Baä, bo, boss, bee, barömm unn bann,
so freecht derr Rhöner immer dann,
bann haä – doss ess hee jedem kloar,
aäbbes Neues will erfoahr.

Unn hörrt haä aäbbes, daänkt haä sich:
Näh! Doss behall ich nett für mich.
Weil: Boss sich so dott – unn boss so gett,
nääh, doss verheimlicht merr doch nett.

Unn haä verzeehlt´s de Nochberschfrau,
unn dee de naächste, ganz genau.
Unn so erfaährt doss Laandvolk und der Maänsch uis de Stoadt,
noch schnaäller bee im Zeitungsbloat,

ganz schnell, boss ihm noch unbekaant.
Unn merr erfaährt so ollerhand,
boss Neues gitt in Foll unn au imm Rhönerlaand.

Ewwer: Wellst de emoa es Ollerneust hör`?
Enn goode Roat:
Loss derr dee Hoar schnied, geh bei´n Friseur!
Dort werschte nett nur schö frisiert;
du werrscht au baästens informiert!

Unn nochhaä, joa, doa weiß merr dann,
olles üwwer baä, bo, boss, bee, barömm unn bann!

De Herrgott unn es Rhöner Platt

Onser Rhöner Platt, onser schöö Sproach, dee hott für ons onsern Herrgott gemoaicht,
dee hott onsern Herrgott ons geschaänkt.

Bee onser Waält sinnerziet fast fertich woar,
Onsern Herrgott, daä woar e klei bessee mööd schu segoar.

Doa goabs nur noch eins, boss haä noch mosst mach.
Doss woar für dee Maänsche off de Aärd e ganz wichtich Sach.

Haä mosst nur noch e eiche Sproach zoodeil jedem Laand off de Aärd.
Haä moaicht doss gaärn unn verdeilt olles geraächt on dee gross Maänschehaärd.

Jedem sieh Sproach, bess se ollminnannner sich kaannte öngerhall.
Solang, bess se oll ihr Sproache hatte, dee ville Määnsche üwwerall.

Unn bee derr Herrgott hott gemeint, dee Aärwett waär gedoh,
unn haä sich schu gefreit hott off e klei bessee Roh,

doa röffts von gaanz haänge uis der letzte Aäck,
„Leeber Herrgott, blieh doa, unn geh noch nett weg!

Mei komme uis de Rhön noahr bei Foll unn mei woarte de gaanz Doag schu lang.
Mei wesse nett, mit boss für enne Sproach mei aäbbes ooh könne gefang!?"

„Ach, du leewer Gott", saährt doa der leebe Gott, „boss soll daä nu waär?
Bo hole merr für euch e eiche Sproach jetzt noch haär?

Weil olles, boss doa woar, doss ess olles verdeilt.
Ich honn Feieroabend, senn saumööd unn honn mich deshalb beeilt."

Haä berött sich mit emm Petrus, dann hott de Herrgott gesoart –
unn doadebei hott haä nett mit emm fröhliche Grinse gespoart:

„Kützee uis de Rhön, dieh Woarterrei ess ömmersonnst nett gewaäse.
Du kreechst e eiche Sproach, nett ei zum Schriewe unn nett ei zum Laäse.

Doss ess - bann au dee annern für Neid gleich verplatze -
dee saälbe Sproach, bee mei hee im Himmel mitenanner schwatze!

Dee ess so, bee ich mit minne Engeleree hee obe schwatz.
Drömm basst off se uff – euer Sproach ess enn himmele, grosse Schatz!

Ich schaänk euch ess Rhöner Platt, dee Sproach für euch Maänsche uis der Rhöö.
E Sproach, bee uis emm Himmel – dee ess eifach nur: himmelschöö!"

De Turmbau zo Babel

Fröher, bee dee Waält noch nett lang hott existiert,
bee onsern Herrgott noch allei sieh Regiment hott geführt,

doa goabs off derr ganze Waält nur ei'einzich Sproach,
unn annere Vokabele ze laänne, doss woar noch kei Ploach.

Dann goabs off eimoa bei daäne en himmele Trabbel,
doa geeng doss los mit daäm Durchenanner-Gebabbel.

Daä eih schwatzt off eimoa Englisch, daä anner Ladünsch.
Doss woar secher nett doss, boss merr sich wallt wünsch.

Es kaannt nett meh versteh derr Peterschbaärger däa von FölschFoll,
unn manch aänner verstoon nett meh rechtich sieh Oll.

Derr ganz Groind, so verzeehlts ons dee Fabel,
doss woar nüscht annerscht, bee derr Turmbau zu Babel.

Boss bruche mir en Herrgott, es gett secher au ohne.
Dee Lüüd dort, dee juckt derr leebe Gott dort nett meh dee Bohne.

Dee wollte dort enn Dorm uffbau, dee hatte en Fimmel:
„Mir baue ons saälwer enn Waäg bess nuff in derr Himmel!"

Dann honn se ohgefange, es goab e mords Gewimmel.
Derr Herrgott doaicht: „Jetz honnse waällich en Fimmel!"

Haä hott sich doss e Willee ohgeguckt, ganz göttlich gewitzt.
Dann hott haä daäne ordentlich in de Sopp niehgespitzt.

Unn haä hott enn en Strich durch dee Rechnung gemoaicht:
Denn off eimoa hott kaänner meh derr anner verstanne über Noaicht.

Dee Lüüd, dee schwatzte off eimoa automatisch
Englisch unn Russisch unn Serbo-Kroatisch...

... Chinesisch, Japanisch, Spanisch – es woar olles beschwerlich.
Es verstoon sich nett meh Ööwer- mit Öngerbimmich, so woar doss, ganz ehrlich.

Unn Schwoarzbich verstoon sich nett meh mit Kleisoasse
unn Mollmes nett mit Traisbich, es woar nett ze fasse.

Unn dee Lüüd in Russland schwatzte annerscht bee dee in Schweden.
So woar doss doamoals, unn es betroaf beinoahr jeden.

In jedem klaänne Dörfee au bei ons off emm Laand
woar kaämm meh dee Sproach von daäm annern bekaant.

Dee Maänsche mit ihrm Dorm, dee hatte se nett oll off derr Latte.
Unn weil se goarkei Iisaährns nett hatte,
doa hott´n der Herrgott derr „Turmbau" zesomme loss fall,
mit emm luite Donner unn emm luite Knall.

Es bleeb bess hütt bei daäm ganze Durchennannergebabbel.
Bess hütt schwatzt merr noch immer von daäm „Turmbau zu Babel".

Aäbbes ewwer honn dee Lüüd gelaännt,
aäbbes, boss mer hütt noch kaännt:
Bann dee Kööh nett dense unn derr Hergott nett well,
dann stenn oll dee Räder stell!

Mei unn Dei - Mir unn Dir

Daä Dialekt von onserne Rhö ess joa in jedem Durf e bessee annerscht.
Für Freeme ess haä kaum verständlich, ewwer haä ess himmelschöö.

Daä Dialekt von onserne Rhöö,
daä ess für Freeme kaum verständlich, ewwer haä ess schöö.

Dee äänne soarrn Kuh, dee annere soarrn Kooh.
Zum Huis saährt merr Huus oder Muus zo derr Muis.
Merr dröckt sich halt überoall e wengee annerschter uis.

Von Durf zo Durf gitts klaänne Öngerschiede.
Olsemoa fängt merr deshalb segoar oh ze striete.

Ewwer so enn Striet, daä moss goarnett sei,
ömm doss bessee „Dir" unn „Mir" unn „Mei" unn „Dei".

Doa saätzt merr sich unn röfft der Wert.
Dann saährt merr luit, so dess haä`s hörrt:

„Mei unn dei unn dir unn mir
giste jetz e Kaännee unn e Bier.
Dann ess bei dir unn mir – unn mei unn dei,
gleich olles widder in der Reih."

Bo kömmste haär – bo wellste hieh?

Bann merr sich emoa gestreete hott, dann gitts nur eins:
Mitenanner schwatz!
Doss ess eifach – bann merr nur well.
Unn weil dee Rhöner au e freundlich Völkee senn, doa saährt merr eifach zoenanner:
Bo kömmste haär – bo wellste hieh?

Bo kömmste haär – bo wellste hieh?
Komm röck bei - komm saätz dich hieh.
Komm, mei schwatze schnaäll e Muil vool,
unn dann konnste wier gegeh.

Verzeehl es Neust schnaäll, boss hott sich zogetroa?
Bee getts daä dimm Vodder unn ess olles widder kloar?
Zwaä Wördder nur, dee konne enn lange Breef ersaätz.
Zwaä Wördder nur, du mosst nur schwatz!

Treffst du dinn Nochber, soag eifach „Guten Dach“.
Unn freech en, ob olles önger Dach ess unn Fach.
Gab emm enn schönne Gruß mit au noch onn sieh Frau.
Doa freit dee sich. Unn du dich au!

Hüwe nobb unn düwe nuff

Noach langer schwaärer Wandermüh,
doa wellst du in e Wertschaft nieh.
Du freechst ganz eifach noach emm Staäg.
Dei werd erklaärt derr rechtich Wääg:

Hüwe nobb unn düwe nuff.
Dann leifste noch e Stöck baäguff.
Nu deffste noch nett stenne blieh,
sonst kömmste zo dimm Ziel nett hieh.

Dann doa henge wier baärgobb...
unn spaäder dann doa düwe nobb.
Nu gett derr Wääg noch e wengee rüh`
unn dann gleich widder drübe nüh.

Dann getts ömm e poar Ecke römm:
Schu staässte in derr Wertschaft drenn!

Maärk dei´s fürs Laabe, weil doss ess kei Spiel:
In de Rhön kömmste ganz bestimmt zum Ziel.
Freechst du, kreechst olles du erklaärt,
unn du leifst nett meh verkaährt.

Ewwer: Du bist unn blisst verratzt,
bann du kei Rhöner Platt nett schwatzt!

Boss hoste?

... oder: Ein Rhöner beim Hausarzt

„Boss hoste?“	„Was hast du?“
„Hoste!“	„Husten!“
„Hoste hoste?“	„Husten hast du?“
„Hoste!“	„Husten!“
„Bannste Hoste host, mosste host!“	„Wenn du Husten hast, musst Du husten!“

Dee Waäck senn oll weg

Der Rhöner beschränkt sich in manchen Lebenslagen auf das wirklich wichtige – und er braucht dafür nicht viele Worte.

„Ich hätt` gaärn zwaä Waäck."

„Dee Waäck senn oll oll, dee Waäck senn oll weg."

„Soo, dee Waäck senn oll weg, dee senn oll oll??"

„Joa, dee Waäck senn oll oll, dee Waäck senn oll weg!!"

„Oll oll, dee Waäck – baä woar daä doa doa?"

„Rhöner Lyrik“

Die nachfolgende Sammlung ist ziemlich einzigartig.
Es sind Schimpfworte in Platt oder „Zesommeheiss-Wörter“, bee merr off Platt saährt.
Nichts für empfindliche Ohren:

Fröher in Foll, doa goab`s enn Gemöösmoart, enn Säumoart, enn Buttermoart,
enn Güllsmoart etc.

Uffgeschnappt wurrn dee Zesommeheiss-Wörter omm Gemöösmoart in Foll.
Dee Gemöösweiber vom Laand honn sich gestreete.
Unn doa flooche nett nur Wörter durch dee Luft.
Doa flooche au Güllspörwel.
Unn äänner hott so e Moartfrau mette ins Gesecht getroffe - unn dee hat groad es Muil off.
Es einzich, boss se groad noch kannt geroff, doss woar:
„Unn daä blitt drenn, bess dee Polizei kömmt!“

Der Rhöner o sich, daä ess in der Reih.
Haä konn ewwer au e raächt uffgeraäht Knörzee gesei.
Bann de ihn naämlich emoa dewöscht - unn haä es groad omm bromme.
Doa konns gesei, haä heißt dich olles zesomme.

Weil, Wördder zom Zesommeheisse gitts in der Rhön meh bee genung.
Bann merr dee ollminnanner iehsaätzt, doa rücht´s noach raächt vill Stunk.

Dauwaääder, Säuluider, Schörchhocke, Dörr Deeng, Bullewatz,
Haambel voll Kööhschiess, oller Schaude, Säuwanst, Öleploatz oder oll Ronkel.
Doss saährt merr ewwer nur zo Freeme,
niemoals zo simm Päadder oder sonstige Onkel.

Uisgefutschelter Labbeduddel, Zöödelskoop, Troanning Eemaätz,
Joochreeme, Dau Oast, Emaätzebröller, Oarschgesecht, Luinleifer,
Säubeezel, Oarschkrampe, Lüüchedoasch, Knörzee, Speebraänner.

Oll Ooast, Kaässelflecker, Schaärschliffer, Ohrnbööpel, Misthocke, Küümelsheinz,
Trotzeloochbotzer, verbeinster Jong, Maddebüttel, Kööhdüzzemasseur, Eechkardoffel,
dommer Book oder du Saambelrock, du wockelich Gelaänner.

Oarm Maännee, Baäfotz, Quaggeloarsch, oll Kapaäll, Stiefmich,
Bröötoarsch, du Rengviech, domm Sau du, du Draäckoarsch,
oll Trulla, Schisshuisfleech oder oll Geis.

Schwoarzebeerhex, oller Gückel, Hingbäärbetter, Quätter-Schiess,
Geisbook, Ois, Furz-Somelier, Faänsterkittfraässer, Quadratloatsch,
oll Azzel, du Schubbkoarn vool Speiß.

Hölzerschuhr-Kützee, stiefer Book, Quaacksack, säugoaschtich Maäjesdeeng,
beleidicht Laääberworscht, Dappschoaf, Draäcksmotze, Kalleroawekoop, Baättschisser,
Pötschedaäpper, Dörrabbel, Ackerploock.

Bauerschreeme, Jöchoadem, Schengluider, Spennlabbefreiee, Rattegückel,
Möckebröller, Köhdützegesecht, Püffekoop, Saloatbeetschisser, Schoolschwänzer,
du Bloasekoop, Wälleroarsch.

Bornlöppe-Foatser, Roockpriesmiste, Weiberschbüx, Glatzkoop, Quellwasserfooss,
Höngsfotz, Dippelfreiee, Muzzesdeeng, Greendschippel, Karwenzsau,
Mistbaätscherschnetzer, Schlabbekicker, oll Pann.

Oller Düzzehaämel, Haäckesaäbel, Furzkanone, Müüsheinzee, Katzeheinz, verbetterter
Käskopp, Soibuin oder Draäcksmotze oder Scheeseschörcher saährt merr zoennanner dann.

Knatzkoop, Stömbelswichser, oll Höngskrack, Püffebotzer,
Äärweszaähler, Mist- oder Roasebotze.
Amischickse, oll Lusch, fuil Schneck, Pickelsfraess, Deigaff, mords Püff, Breimuil,
Pörwelslutscher, du Noas vool Rotze.

Sackschnörwel, Güllspörwell, Schlauschwaätzer, Lüüchebüddel, Schnuppbüttel, Dupphorn,
oll Krack, du Schack, Verrecker, Gögger, Kaärzeschenger, Schengoast, du Reeme vom
Laand, oller Stoarn.

Schmezzehaals, Zeehlöckefreiee, Schaäpdöpp, Faätwanst, Dommschwätzer, Dörrass,
Verroateoarsch, Neuschier, Schniefnoas, Säubüttel, Schnoorbeezel unn Säuwatz,
dott merr zoenanner dann soarn.

Schaälauch, leifich Katz, domm Deeng, Gewitteroast,
Draäcksack, Baättseicher, Schlaunoas,

Schnoarchsack, Lombepack, Dützehaämel,
Bloaseoarsch unn Blonkel (doss es daäm Bloaseoarsch sinn Onkel),
Hoseschisser unn Affeoarsch.

Ich glei, es scheckt nu für´s Erscht. Losst´s good sei, es ess genung jetzt,
doss woarsch!

Bann merr doss so hörrt, es ess doch waällich schöö.
Es ess halt eifach „Rhöner Lyrik uis der Rhöö"!

Bann aänner noch meh von daäre Sorte weiß.
Dott`s schnell verroate, dee Fraue omm Gemöösmoart
senn doa druff ganz heiß.

Vo klei uff: Rhöner Platt!

(ein Plädoyer für´s Rhöner Platt)

Be merr so hörrt, senn dee Rhöner ziemlich schlau.
Unn bo doss droh leit, doss weiß merr jetzert genau.
Hee neulich stoons in de Föllsche Zeitung drinn,
unn so kreecht doss olles für mich jetzt au enn Sinn.

Doa stoon, dess derr Maänsch werd intelligent,
bann haä von klei uff meh bee ei einzich Sproach nur kennt.
Doss waär „intellektuell fordernd“ unn doss „trainiert“
doss „Schnaäller-kapier`n“ unn boss merr im Hirn noch so spürt.

Unn bann merr doss weiß, dann hott merrsch begreffe,
barömm de Rhöner els solcher ess geistich geschleffe:
Dee Moddersproach von emm Rhöner, doss ess nu emoa Platt.
Els aerscht freem Sproach, doa fengt Hochdeutsch dann statt.

Unn so entwickelt sich ganz annerscht derr Geist.
Merr werd zwaäsproachich e „schlau Kützee“, bee merr bei ons so aänner heißt.
Drömm losst dee Keng von klei uff Platt schwatz. Olles anner waär schoad.
Doss konn merr nur daäne ganze Rhöner Eltern geroat.

Dee Weihnachtsgeschicht

Hütt well ich euch ollminnanner e Geschicht verzeehl, dee bo schu üwwer 2000 Joahr aalt ess. Unn weil dee Geschicht für oll dee Maänsche off de ganze Waält passiert ess, doa ess dee au für ons hee in der Rhön passiert. Deshalb verzeehl ich euch dee Geschicht in onserne Sproach, in onserm Rhöner Platt.

Uffgeschreewe hott se enn ganz schlaue Kuiz. Doss woar de Evangelist Lukas. Daä hott se so uffgeschreewe, so bee se ihm verzaahlt worn woar. Daä Lukas, doss woar aänner von daäne Kütz, dee bo olles uffgeschreewe honn, boss in de Bibel drenn stett. Es gitt au noch annere Evangeliste, genauso schlaue Kütz bee daä Lukas, dee heiße Matthäus, Markus und Johannes.

Boss dee uffgeschreewe honn, dess mir´s au nett vergaässe, doss stett olles, ei für ollemoa, in de Bibel drenn. Dee Bibel, dee woar fröher in Ladünsch geschreewe, doss honn dee meiste Maänsche nett könnt gelaäs, unn doss honn se deshalb au nett verstanne. Dess dee Maänsche dee Bibel kannte versteh, hott se derr Martin Luther – so heeß daär – in dee deutsch Sproach üwersotzt. Obe off der Wartburg bei Iisenach hott daä doss gemoaicht. Doss es goarnett so wiet von de Rhö´ fort. Bann daä dee Bibel hee bei ons, unn nett off de Wartburg, übersotzt hätt, sondern hee bei ons omm Frauebaärg in Foll, doa hätt e se villeicht ins Rhöner Platt übersotzt. Dann tät merr villeicht in ganz Deutschland hüttzedoags onser Rhöner Platt schwatze.

Ewwer jetzt zo daäre Geschicht, dee bo merr bei ons els dee WEIHNACHTSGESCHICHT´ kennt.

Es senn jetztert über 2000 Joahre haär, doa goab´s in Rom enn Kaiser, daä heeß Augustus. Daä wollt wess, bee ville Maänsche in simm grosse römische Reich, bo haä de Kaiser devoo woar, eichentlich gelaaht honn. Deshalb hott haä gesoart: Mei zeehle se jetztert emoa ollminnanner durch! Unn so hott haä e Volkszählung ohgeordnet. Doss woar es ollererscht Moa, dess überhaupt off daäre Waält dee Maänsche gezaahlt woarn senn. Unn doss Rom, doss woar doamoals ziemlich groß unn hatt ville Provinze. E Provinz, doss ess so aäbbes aähnliches, bee bei ons e Bundeslaand, z.B. bee onser Hessen.

Ze daäre saälwe Ziet, bo doss woar, woar in aänner von daäne römische Provinze, dee heeß Syrien, enn römische Statthalter im Amt, daä heeß Quirinus. Daä woar sozesoarn anstatt von daäm römische Kaiser dort der Scheff vom Gaanze. Deshalb heeß daär „Statthalter". Daä Quirinus woar sozesoarn de Stellvertreter von daäm römische Kaiser Augustus in Syrien. Doss Syrien woar ungefähr doa, bo Syrien hütt au noch ess. Nett gaanz genau dort. E bessee denaäbe, dort bo hütt Israel leit.

Bee doss bei Volkszählunge so ess, dee Lüüd m o s s t e sich ollminnanner loss zeehl, doa goab´s kei Uisrede. Jeder hott doadebei in dee Stoadt oder in doss Durf zum zeele mösst geh, bo haä geborn woar. Unn sei honn sich deshalb ollminnanner off derr Waäg in ihr Durf gemoaicht unn geenge los. Doa konn merr sich vürgestaäll, boss doss für enn himmele Durchenanner gegaah hott.

Au enn Kuiz, daä heeß Josep, moaicht sich off derr Waäg. Haä mosst in dee Gaächend von Nazareth. Unn weil haä uis de Großfamilie von daäm David woar, unn von daäm obgestammt hott, mosst haä in dee Stoadt von daäre, bo merr gesoart hott: Doss ess dee Stoadt von daäm David – unn dee hott Bethlehem geheiße. Ewwer haä woar nett allei. Haä hatt sieh Frau mit debei. Doss heißt, doss woar nett waällich sieh Frau. Dee woarn eichentlich nur so aäbbes bee verlobt. Sei, dee Frau, dee heeß Maria. Unn dee woar schwanger. Nett nur e klei bessee schwanger. Naää, dee woar schon ziemlich vill schwanger. Nett von ihm, sondern von emm Aängel – ewwer doss ess e gaanz anner Geschicht.

Weil so ville Lüüd öngerwaäs woarn – waäche daäre Volkszählung, doa honn dee zwaä kei Zimmerr, nett es klaänst Stüüwee, zum Üwernoaichte gefonge. In kaäm Hotel (weil: soaäbbes goabs doamoals noch nett), in känner Herberche, in kaänner Wertschaft – nirchends goab´s e Zimmerr oder wenichstens e Dächelee überm Koop! Sei hatte joa au nüscht reserviert, so bee merr doss hüttzedoags konn gemach. Obwohl der Josep überoall gefroacht hott: Olles woar vool, olles woar besotzt.

Schließlich unn endlich woarn se froh, bee enn iehheimische Bauer gesoart hott: „Ich honn zwoar kei Stüwee für euch, weil olles vool ess. Ewwer, bann eu zwaä wollt, könnt eu in mimm Stall übernoaicht.“ Unn doss honn dee zwaä in ihrer Not dann au gemoaicht. Es wurd au Ziet, dess se endlich e Plaätzee gefonge hatte. Weil, bei de Maria honn dee Wehe iihgesotzt – es woar ollerhöchst Ziet. Unn so ess doss Keend schließlich off dee Waält gekomme: Kei Hebamme, kaänn Dokter, nüscht debei. Nur de Josep – unn in daäm Stall stoone noch enn Esel unn e Kooh. Oarmselich bee´s nett oarmselicher kannt gegeh. So ess doss Keend off dee Waält gekomme.

In der Nähr von daäm Stall woarn e poar Herte off de Weid unn honn in de Noaicht uffgebasst off ihr Viecher, Schoff unn Geise. Off eimoa ess doss gaanz hell geworrn, obwohl´s noch nett Morree woar, unn dann stoon off eimoa enn leibhaftiche Aängel vür daäne unn hott zo daäne gesoart: „Eu brucht nett fördening zo senn, eu brucht kei Aangst nett ze honn. Es ess olles in de Reih.

Ich honn e good Nachricht für euch. Unn nett nur für Euch. Eu könnt euch ollminanner gefrei!! Nett nur für euch, naä: Für dee Maänsche off de ganze Waält ess hütt de Heiland geborn! Christus, derr Erlöser ess off dee Waält gekomme! Haä ess derr Jong von onserm Herrgott unn haä ess für dee gaanz Waält geborn worrn. Dehee in Bethlehem ess haä geborn worrn; dehee in daäm klaänne Bethlehem, in daäm David sinner Stoadt."

Unn dann hott daär Aängel noch gesoart: Macht euch uff unn gett hieh zo daäm Keend. Guckt´s euch saälwer oh. Eu waäts gleich fenge. Es ess in Wengele iehgeweckelt unn es leit in enne Fötterkrepp drenn, bo normoalerwies dee Schoff unn dee Kööh druis fraässe.

Unn dann woar daä Aängel off eimoa nett meh allei. De gaanz Himmel woar vool, unn olles hott sich gefreit; unn ville annere – ich glei, merr naännt doss „himmlische Heerschare" – woarn off eimoa doa, dee honn oll geroffe: „Geehrt unn gepreese sei derr Herrgott im Himmel obe. Unn Friede soll sei off de gaanze Aärd bei oll daäne Maänsche, onn daäne, bo de Herrgott sieh Wohlgefalle droh hott!"

Bee dee Aängel wier fort woarn, honn sich dee Herte uffgemoaicht, ömm noach daäm Keend ze gucke. Sei honn doss Keend gefonge, genau so, bee´s ´n daä Aängel gesoart hatt. Es hott in de Fötterkrepp drenn gelaäh, unn es woar in Wengele iehgeweckelt, unn de Josep unn dee Maria woarn debei – genau, bee daä Aängel gesoart hatt. Dee Herte honn sich erscht emoa hiehgeknoot unn sich gewonnert unn sich beim Herrgott bedaankt, dess se doss olles honn defft miterlaah. Doss olles kaannte se natörlich nett für sich behall, naä - dee honn doss überoall in derr gaanze Gaächend römmverzahlt.

Dee Motter von daäm Keend ewwer, dee Maria, dee woar glöcklich, dess doss olles doch noch so good uisgegange woar. Sei hott doss olles deef in ihr Haäzz ihgeschlosse unn doa drenn für immerr uffbewoahrt. So bee doss nur e Motter konn.

Dee Herte senn dann widder bei ihr Geise unn Schoff off dee Weid gegange. Sei honn derr Herrgott geloot und sich bei imm bedaankt für doss olles, boss se doa groad erlaaht hatte. Ewwer boss doa groad so rechtich passiert woar, doss hott doamoals noch keinns könnt geahn.

Unn au hüttzedoags gittsere noch ville, dee bo´s nett verstanne honn, sonst saögs vielleicht annerscht uis off onserne Waält!